絶世の美少女騎士は俺のガチ恋オタクでした

シャーロット・ルナテイカー

二百年後の未来からやってきた女騎士。
確かな実力を持つが、クロノの熱烈なオタクで、
彼のこととなると冷静さを失うことも

そうです！
証拠をお見せします！

未来の世界だと
俺は英雄扱い
されていると……？
クロノ・
シックザード
境界騎士団の養成所に所属する騎士候補生。
未来では英雄になると聞かされ戸惑う。
十四年前の侵略災害を生き残った一人

貴様……、何者だ？

シャーロットちゃんは、
クロノが好きなの？
オフィーリア・オーフィング
クロノの幼馴染で、穏やかな性格だが、
飛び級で解析員となった才媛。
クロノのことを深く信頼し、
常に気にかけている

な、なぜそんなクリティカルな質問が来る!?
私の挙動にクロノオタクだと察せられる要素はなかったはずだ

シャーロット先輩とは
ツーショットまで撮ったのに、
後輩の私には
サインもしてくれないんですね……

アイ・アルクヴェーディア

クロノを先輩と呼んで慕う、騎士候補生の後輩。
クロノをからかうようなあざとい態度をとるが、
何かを隠しているようで――

絶世の美少女騎士は俺のガチ恋オタクでした

蒼塚蒼時

ファンタジア文庫

3452

口絵・本文イラスト　Ｎａｇｕ

CONTENTS

WORDS

▶侵略種

異世界から来訪してくる人類の天敵。
捕食した物体の特性を得るため、
その身には異世界の技術が蓄えられている。

▶境界騎士団

侵略種に対抗するために設立された組織。
侵略種の肉体を解析し、得られた技術で
人類の文明を発展させている。

序章　オタクとの邂逅《かいこう》

クロノ・シックザード～魔術暦《まじゅつれき》555年　3月　4日　14時　12分～


『戦場ではあらゆる事態を想定しろ』

これは騎士団で最初に教わる言葉だ。

――しかし、空から少女が降ってくるというのは、俺も想定していなかった。

精緻に整った顔と、編み込まれた淡い金色の髪は、まるで人形のようで。

纏《まと》う衣服は身体《からだ》に吸い付くような素材で出来ており、至るところにできた切り傷からきめ細かい肌を露出させていた。

「ふふふ……、素晴らしい――ですよ、――ノ様。そこに溜《た》まった雨水とかを飲んで暮らしたいれすぅ……」

俺の腕の中で頬を緩ませ、ブツブツと呟《つぶや》く少女。

全てが瓦礫《がれき》と化した戦場には、似つかわしくない美しさだ。

空から降ってきたので咄嗟《とっさ》に受け止めてしまったが、どうやら生きてはいるらしい。しかし、一体どんな夢を見ているのか。

「キュルルル……」

後方から微《かす》かに聞こえる不気味な鳴き声。

咄嗟に振り返れば、鋭い牙を携えた、白色の球体が浮いている。

——人類の敵、侵略種《しんりゃくしゅ》だ。

「おいおい、今それどころじゃないって、見てわからないかよ……」

俺は少女を地面に寝かせ、騎士団の制服であるローブを被《かぶ》せる。

そして、腰に装備したブレードを抜くと、黒く染まった魔力の刃を形成させた。

見たところ、侵略種は一体。サイズからしてレベルⅠの個体だ。俺の敵ではない。

しかし、殺気を感じ取ったのか、瓦礫の隙間から同種の侵略種がわらわらと湧いてくる。

その数、視認できるだけでも二十体以上。

気絶した少女を守りながらとなると、出し惜しみできる状況ではない。

幸いなことに少女以外に人の気配はないし、一段階だけならば魔力を感知されることもないだろう。

「──《心枢第一層》《パストリリースト》──《織巧解放》《アスト》」

魔術名を告げた瞬間、俺の心臓が大きく脈打つ。

高速化した鼓動が魔力を一時的に増強し、ブレードの刃が紅《あか》みを帯びる。

「う……」

侵略種に斬りかかろうというタイミングで、少女が目を覚ました。

「ここは……どこだ……？」

「悪いが少し大人しくしててくれないか？　下手に動かれると守りにくい」

「っ……！」

侵略種に囲まれていると理解したのか、少女は小さく呻《うめ》く。

「キュルルル！」

雄叫《おたけ》びをあげ、一斉に迫る侵略種。

俺は近づいてくるそれらを片っ端から斬り伏せる。

「──《煌めけ星閃》《ステラルーチ》」

唐突に、背後の少女が呟いた。

『音声認識完了。魔術式展開：：Δ=√＊・₳、₦×＾β＞₩÷＾α＞₱──』

響く無機質な音声と、解読不能な言語。

光線が一帯の侵略種を穿《うが》ったのはその直後だった。

地面に沈む侵略種の死骸と、彼女の周りに浮かんだ無数の光球。

淡い金色の髪と黒色のローブをなびかせるその姿は、まさしく戦女神そのものだ。

「安心してくれ。私も騎士だ。戦える」

勇と美が共存した横顔を向けられ、不意に俺の心臓が大きく跳ねる。

「じゃ、じゃあ、背中は任せるぞ」

「あぁ。任せてくれ」

頼もしい台詞《せりふ》を吐いて、女騎士は俺の背後に付く。

それから一帯の侵略種を倒すまでに、五分もかからなかった。

＊

「ふぅ……」

身体の力が抜け、地面に座り込む。

地面に転がった侵略種の死体は身体が真っ二つになっているか、風穴が開けられており、正確には数えていないが五十体以上はいるだろう。

「凄《すご》いな、君は」

凜《りん》とした少女の声が降ってくる。

「巧みな剣術と鋭い反射神経だった。私の部隊でも君ほどできる奴《やつ》はいないよ」

かく言う少女は息一つ乱していない。それどころか、顎に手をやって、何か考えごとをしている様子だった。

「見慣れない土地だが、言葉は通じるし、侵略種が存在している。そして、彼の騎士団の制服を考えると、魔術暦五五〇年前後といったところか……。つまりはタイムトラベル……？　そんなフィクションみたいなことが本当に……？」

よく分からないことを呟いている……。街中で見かけたら関わりたくない雰囲気だ。

そう思っていると、少女の碧色《あおいろ》の瞳が俺に向けられる。

「君、確認したいのだが、私が今いるのはオルトス国で、時代は五五〇年……かな？」

「国は合ってるけど魔術暦は五五五年だ。……なんでこんなこと聞く？」

「そうか。……となると、クロノ様は十七歳か。デュフふっ……！」

一瞬、少女から奇妙な声が漏れ、口元がにやける。……俺の名前を呼んだ気もするが、きっと勘違いだろう。

「んんっ！　すまない。少し取り乱した。——私はシャーロット。シャーロット・ルナテ

イカーだ。君の名前は？」

少女は咳払《せきばら》いをすると、落ち着いた様子で俺に手を差し出す。

まるでダンスに誘うかのような手つきと微笑。

その美しい顔と所作に、心臓が揺らされる。

もし俺が乙女なら、これだけで惚《ほ》れていただろう。……いや、乙女かどうかなんて関係ない。

「俺は、クロノ・シックザードだ」

平静を装《よそお》いながら、シャーロットの手を取る。「聞きたいことがたくさんある」と続けたかったが、シャーロットの様子はそれどころではなかった。

先ほどまで神々《こうごう》しさすら纏っていた顔は真っ赤に染まり、口はパクパクと開閉を繰り返している。

「……へ？」

シャーロットはそれだけ言うと、頭をぐらりと揺らし、俺に倒れかかってきた。

……これは、どういう状況なんだ？

No.0007 ★★★★★★

漆黒の大英雄　クロノ・シックザード

ステータス　スキル　**プロフィール**

名前:クロノ・シックザード
生涯: 魔術暦 538年〜599年（諸説あり）
魔術暦500年代オルトス国を中心に活躍した境界騎士団所属の騎士。その生涯でレベルⅤの侵略種を七体撃滅した。主を守ることと、任務の完遂を第一とし、目的のためならば時には冷徹な一面も見せる。

出典:ソーシャルゲーム『レジェンドオブフロンティア』・キャラクター図鑑画面

第一章　専属騎士

シャーロット・ルナテイカー　～魔術暦755年　7月　22日　11時　58分～


謎の生命体――侵略種が異世界から来訪したのは魔術暦五四〇年のこと。

侵略種は異なる世界を渡る力と、捕食した物質を吸収する性質を持つため、際限なく現れてはあらゆる生命や物質を食い尽くした。

そんな厄災に抵抗する手段を持たない人類はたった一年で人口の二割を失った。

――だが、人類も黙って絶滅するのを待っていた訳ではない。

人類が、侵略種へ対抗するための組織――境界騎士団《きょうかいきしだん》を立ち上げると徐々に戦況が変わり、約二〇〇年が経過した現在では侵略種による年間死者数は百人以下にまで抑えられるようになっている。

かく言う私も境界騎士団に所属し、小隊の隊長として活動している一人だ。

今は、次元の狭間《はざま》を行き来できる船――次元船《じげんせん》に乗り、次元の狭間にいる侵略種を殲滅《せんめつ》する任務の帰り道。

部下である騎士たちはそれぞれ思い思いに過ごしており、私も船の席に腰掛け、携帯型詠唱端末の画面を見つめながら戦闘の疲れを癒やしているところだ。

「ねぇ、見て見て……！　シャーロット隊長が微笑《ほほえ》んでる……！」

「いい……！　私もあんな笑顔向けられたい！」

「美しいですわ……。いつも携帯端末でなにを見ているのかしら……」

部下である女騎士達のヒソヒソ話が聞こえてくる。

どうやら、私の見ている端末の画面が気になるらしい。

私の端末に映されているのは、黒髪紅目が特徴的な青年のイラスト。

歴史上の英雄にして、小説『黒乃伝《くろのでん》』に登場するキャラクターである、クロノ・シックザード様だ。

先ほど、境界騎士団が設立されたことで戦況が変わったと言ったが、それは正確ではない。戦況が人類側へ傾き始めたのは魔術暦五五五年　八月六日。

それまで無名の騎士だったクロノ様が、侵略種の中でも最強クラスであるレベルVの個体を、人類で初めて討伐したことがきっかけだ。

レベルVの侵略種は単体で世界を滅ぼす力を持つとされ、侵略種の出現から約二〇〇年が経《た》った現在までに討伐されたレベルVは全七体。

それら全てが、クロノ様が騎士団在籍中に倒した個体だ。

つまり、クロノ・シックザード様は誇張抜きに人類の救世主なのだ。

そんな世界を救った大英雄を、現代のあらゆるコンテンツがほうっておくはずもなく、小説、漫画、アニメ、ゲームに至るまであらゆる媒体で題材となり、美少年美少女化されている。

かく言う私、シャーロット・ルナテイカーは、クロノ様の登場されるコンテンツはもちろん、それに付随する二次創作も全てチェックし、携帯端末から自宅アパートの壁紙までクロノ様一色の超が付くクロノオタクである。

仮に、全世界クロノ・シックザードクイズ大会が開かれれば、間違いなく代表選手に選出されるし、横断幕と優勝トロフィーが騎士団に飾られることだろう。

そんな私のクロノ様LOVEな限界感情を部下三人にぶつけたい……！

常に携帯している小説版『黒乃伝』を貸して布教したい……！

文章を読むのが苦手ならアニメのコンプリートボックスも持ち合わせている……！

しかし、それはできない。

去年、報酬額につられて騎士募集ポスターのモデルを受けてしまったため、騎士団のイメージを損なう過度なオタク行動を上層部から直々に禁止されている。

残念だが、仕事中は皆の憧れとなるような女騎士でいなければならないのだ。

クソ……、年収より高額な違約金め……！

貴様さえなければ、熱烈な早口で布教できるというのに。

ふと、携帯端末の画面を見れば十二時を過ぎていた。どうやら時間が来たらしい。

私は、画面に表示されているアイコンをタップする。

起動したのは、歴史上の偉人が美男美女化して戦うソーシャルゲーム、『レジェンドオブフロンティア』。

人類の救世主であるクロノ様は当然サービス開始時から実装されており、今日正午からのガチャ更新で、なんと、限定水着衣装のクロノ様が登場するのだ！

クロノ様の通常衣装はもちろん、これまでの限定衣装（クリスマス、ハロウィン、雛祭《ひなまつ》り女体化…etc…）も全て手に入れている私が、この機会を逃すという選択はない。

『よう、昼食は食べたか？　シャーロット』

ホーム画面に表示されたクロノ（通常衣装）とメッセージウィンドウを見てから、ガチャのページへ。

ガチャを引くための石は既に課金済み。天井までいくのも覚悟の上だ。

とりあえず乱数調整もかねて、アイテムを使用した単発ガチャを一回。これで出れば苦労はしない。

ガチャ演出前の暗転画面。その時、一瞬だがロードが走ったのを私は見逃さなかった。

「はわッ……！」

暗転が終わると、画面中央には虹色の扉がでかでかと表示されている。

まさかの最高レア確定演出だ……！

虹色の扉が開くと、光の中から見覚えのある立ち絵。

『クロノ・シックザード、任務を開始する。……さすがに水着では軽装備すぎないか？』

「えあっ！」

まさか単発で出るとは思わず、声を出してしまった。

「はっ！　はっ！　はっ！　はっ！　はっ！」

い、息が上手《うま》くできない。

こ、こんな幸運が許されていいのか。

私は齢《よわい》十八にして全ての運を使い果たしてしまったのではないだろうか……？

そんな不安を抱きながらもスクリーンショットを撮る手が止まらない！

『緊急事態発生……！　後方より船に侵略種《しんりゃくしゅ》が迫っていますッ！』

突如船内に響く警報と騎士の声が、私の思考を冷静なものに戻す。

「侵略種の詳細をっ！」

『確認できる侵略種は一体！　次元外魔力値《じげんがいまりょく》は……に、二万を超えています⁉』

「二万オーバーだと……？」

レベルⅤの侵略種の平均魔力値が二万前後だったと聞いている。ということは……！

『メインモニターに映します！』

次元船に取り付けられたカメラが侵略種の姿をモニターに映し出す。

無数の腕と、天使を連想させるような巨大な翼をもった侵略種だ。片翼だけでもこの船より大きいだろう。

追いつかれるのは時間の問題……。遠征任務でほとんどの装備は使い切っている。このままでは船ごと壊されるだろう。

「……総員に連絡。私が奴を足止めする。その間に君たちは逃げろ」

『なっ……！』

船内に満ちるどよめき。

私は部下たちの動揺を気にせず、ブレードを手にしながら船後方の出入り口へと向かう。

「――《煌めけ星閃《ステラルーチ》》」

『音声認識完了。魔術式展開：Δ＝√＊・₳ˆ₦×＜β＞₩÷＜α＞₱――』

私の声に反応して、携帯型詠唱端末が代理で詠唱を行う。これが端末の本来の用途だ。

「ま、待ってください隊長！　私も行きます……！　隊長を一人で死なせるわけにはいきません！」

出入り口のノブに手をかけると、部下に呼び止められた。先ほどひそひそ話をしていた少女の一人だ。

「安心してくれ。私はここで死ぬ気はないよ」

涙ぐむ女騎士に微笑みかける。

「なんていったって！　私は単発でクロノ様の水着を引いたのだからっ！」

「………はっ？」

「そんな幸運な私がこんな所で死ぬはずがない。君たちもそう思うだろう!?」

「え、ちょっと、あの……」

「シャーロット・ルナテイカー、任務を開始する！」

クロノ様の決め台詞《ぜりふ》を真似《まね》しながら、私は次元船の外へ飛び出した。

目の前に迫る天使型の侵略種に《煌めけ星閃《ステラルーチ》》を射出する。

ふと、何故《なぜ》か昔のオタク友達の言葉が頭を過《よぎ》った。

『シャーロットって、黙ってれば綺麗《きれい》なのに、クロノが絡《から》むと急に頭悪くなるよね』

そんな自覚はないのだが、彼女はどういう意図で言ったのだろうか？

この侵略種をしばいたら、久しぶりに連絡してみよう。

――それが、魔術暦《まじゅつれき》七五五年での、私の最後の記憶だった。

クロノ・シックザード　～魔術暦555年　3月　4日　15時　25分～

侵略種に対抗する最前線であり、遥《はる》か昔に魔女が建てた古城――リーンディア城を本拠地とする、境界騎士団リーンディア支部。

侵略種の殲滅任務から帰還した俺は、最奥《さいおう》にある白色の建物に向かっていた。

扉を開けると、慌ただしく廊下を行き来する騎士たち。

ここは侵略種の研究と解析を行う、研究棟。

殲滅任務が終わったということは、研究対象である侵略種の死体が大量に手に入るということであり、今が最も忙しい時間だ。

「あっ、クロノ！」

廊下を奥へと進んでいくと、書類の束を抱えた少女と遭遇する。

雨雲色の長髪と、女性用である純白のローブを纏《まと》った少女。

俺と同じ孤児院で育った一人である、オフィーリア・オーフィングだ。

「もう帰って来られたんだね。お疲れさま」

「あぁ、オフィーリアもアガサ先生のところに行くんだろ？　半分持つよ」

「ほんと？　ありがと」

オフィーリアの書類を半分譲り受けると、二人で廊下を進む。

「聞いたよ、クロノ！　一人で侵略種を五十八体も倒しちゃったんでしょ？」

「ま、まぁな……！　そのくらい俺にかかれば一瞬ってところだ」

「まだ正式配属前なのに凄《すご》いって皆言ってたよ〜。私まで嬉《うれ》しくなっちゃった！」

その五十八体は、俺一人の功績ではないのだが……、面倒なので黙っていよう。

「アガサ先生、頼まれてた資料です」

目的の部屋の前まで来ると、オフィーリアが肩で扉を押し開ける。

部屋の中は書類と、今しがた運び込まれた侵略種の死体が散乱しており、血腥《ちなまぐさ》い臭いが充満していた。

「あぁ、どうも、オフィーリアさん」

その部屋の主であるアガサ・ワイルズが首をこちらに傾ける。

シワだらけのローブと、ボサボサな髪、感情の読み取れない無表情。

お世辞にも清潔とは言えない外見の彼女だが、研究棟の責任者であり、オフィーリアの指導役も担《にな》っている凄い人だ。

「資料はこちらに持ってきてください」

「はーい」

「どうも……。……それで、どうしてクロノくんもいるのでしょうか？」

「定期検診だって、アンタが呼び出したんだろう⁉」

「あぁ、そうでした。……そうでしたね。失礼、最近物忘れが多いのです。──では、済ませてしまいましょうか」

「……よろしくお願いします」

俺は近くにあった椅子を持って、アガサの前に座った。

「最近身体《からだ》に変わったことは？」

「特にないです」

いつもと同じ質問に、同じ回答をした。

騎士団の孤児院に預けられてからというもの、俺はこうしてアガサの定期検診を受けさせられている。

当時から担当はアガサだったので長い付き合いだが、何を考えているのか分からないので、正直言って彼女は苦手だ。

「では、魔力の確認のため採血をしますが……、あっ、ありました」

アガサは書類の山から注射器を見つけると、針を俺の腕に向ける。

「ちょ、ちょっと待ってください。それ、綺麗なやつですよね？」

「綺麗ですよ。まだ二回しか使ってませんから」

「それ汚――」

「えい……」

汚いじゃないか！　という前に針が刺さり、赤黒い血が抜かれていく。

「はい、どうも。魔力に異常があれば報告します」

「……その報告って、俺にしてくれるんですか？」

刺された箇所を押さえながら、アガサに尋ねる。

「いいえ？　騎士団の上層部ですよ。クロノくんが知るとしたらその後でしょうね」

「もう十年以上毎月やってますけど、いつまで続ける気ですか？」

「それを決めるのは上層部ですので。……でも、クロノくんが侵略災害《しんりゃくさいがい》を生き残れた理由が分かるまで続くんじゃないでしょうか？」

「……それなら一生続きますね」

「かもしれませんね」

皮肉交じりに返すと、小瓶を天井にかざしながら、興味なげにアガサが答える。

――その瞬間だった。

部屋の隅に形成された侵略種の死体の山。その峰がぐらりと揺れたのは。

「キュルルル！」

不気味な雄叫《おたけ》びを上げ、死体の山から飛び出してくる侵略種。

俺はオフィーリアの前に立ち、一直線に向かってくる侵略種をブレードで突き刺す。

頭上から串刺しにされた侵略種は、足掻《あが》くように身を捻《ひね》ったが、じきに動かなくなった。

「大丈夫か、オフィーリア」

「う、うん。ありがと、クロノ……」

突然の出来事に唖然《あぜん》とするオフィーリア。

誰だか分からないが、ちゃんととどめを刺していなかったらしい。……一歩間違えば大惨事になるところだった。

「……ん？」

絶命した侵略種からブレードを引き抜こうとすると、突然刃が脈打つように歪《ゆが》み、粒子となって虚空《こくう》へ消えてしまった。

「どうかしましたか、クロノくん」

「ブレードの調子が……、おかしい」

「ホント⁉　ちょっと見せて」

オフィーリアは俺の手からブレードを取ると、柄の底を回し、中から円柱状のカートリッジを取り出す。

「……割れてる」

カートリッジに刻まれた、大きな罅《ひび》。

それを見れば、不調の原因だと確信できた。

「魔力から刃を形成している箇所が破損しているようですね」

もし破損が少しでも早かったら……、そう思うと身震いしてしまう。この部屋にいる全員が殺されていたかもしれない。

「オフィーリアさん、修理をお願いできますか？　これではクロノくんも戦えないでしょうから」

「もちろんです！　――一晩預かるけどいいかな、クロノ？」

「あぁ、よろしく頼む。バッチリ新品みたいにしてくれ」

「うん、任せて！」

定期検診を終えた俺は、オフィーリアと共にアガサの研究室を出る。

殲滅《せんめつ》任務後の慌ただしさもかなり落ち着いたようで、人の行き来も緩やかになっていた。

「良かったねぇ、検診の時に気付けて」

「そう、だな……」

罅の入ったカートリッジを手に持ちながら、ぽつりと返事をする。

「なんか、最近こういうの多くないか？」

「こういうのって？」

「ついこの前もブレードが不調で、メンテナンスに出しただろ？　そんな頻繁に壊れるものなのか？」

思い起こせば、二週間前も唐突にブレードの刃が形成できなくなり、オフィーリアにメンテナンスをしてもらった。こんな頻度で不調が続くのは騎士団に入ってから初めてだ。

「うーん、たしかにこの前も直したけど……。ブレードってまだ分かってないことが多い技術だから、何とも言えないかな」

「それに最近――」

その瞬間、俺は振り返った。背後から気配を感じたからだ。

しかし、廊下に人影はない。

「……今みたいに、妙に視線を感じることがある」

「えぇ!? 私何にも感じないよ？ ……きっと、クロノのことが好きな女の子が隠れて見てるんだよ～」

「そんな女の子がいたらいいんだけどな……。悲しいことにそんな子はいないだろうし」

「私はクロノのこと好きだよ？」

さも当然のことのように、オフィーリアが首を傾《かし》げる。

「そ、そういうことを恥ずかしげもなく言うなよ！」

「えー、小さい頃は『俺も好きだよ、オフィーリア』って返してくれたじゃん。思春期なんだから……」

「何歳の話してるんだよ……！」

オフィーリアに揶揄《からか》われ、頬を赤くさせられる。

彼女と話していると、張り詰めていたものが緩むのを感じ、少しだけ落ち着いた。

きっと、ブレードの不調も、感じる視線も、俺が気にしすぎているだけだろう。

「それよりもさ、クロノはこの後暇？　らんまん亭で甘いもの食べない？」

「あっ、悪い……。この後は予定があるんだ」

「すぐ終わるなら待ってるよ？」

「いや、多分結構かかると思う。また今度行こう」

「……うん、分かった。じゃあまた明日ね、クロノ」

少し寂しそうなオフィーリアと手を振って別れると、俺は足早に寮の自室へと向かった。

＊

自室に戻ると同時に、鍵を閉めた。

ベッドと机だけの簡素な部屋。いつもと同じ光景。

──だが、いつもと違い、ベッドには一人の少女が眠っていた。

「とりあえず部屋に連れてきちゃったが……」

遡ること一時間前、空から降ってきたシャーロットは俺の名前を聞くなり突然倒れた。

そのまま放置するわけにもいかないし、騎士団へ連れて行くのも憚《はばか》られたため、とりあえず俺の自室へ連れてきてから、定期検診に向かったのだ。

改めてシャーロットを観察すると、目を引くのは至る所にある外傷と纏っている装備だ。

身体のラインに沿った衣服と、見たことのないデザインのブレード。

そして、戦闘中に使った光線の魔術は明らかにこの世界のものではない。

ふと、彼女の寝息で浮き沈みする胸元に目がいった。

切り傷で衣服が破れており、何かの衝撃で中のものがひょっこり顔を出してしまいそうになっている……。今更だが、部屋に連れ込んだのはまずかったかもしれない。

「うっ……」

シャーロットが目を覚ましたようで、俺は慌てて目を逸《そ》らす。

「よ、よお。目が覚めたか？」

「あぁ……。すまない、君が運んで――」

身体を起こすシャーロット。

が、急に言葉を止めると、俺の方を凝視した。

「あの。あと……えっと、君はクロノ・シックザード様でよろしかったでしょうか？」

「そうだな」

「ここはクロノ様のお部屋で？」

「あぁ、寮のな」

「今私が寝ていたのは？」

「俺のベッドだ」

「では、私が今羽織っているローブは？」

「それも俺のだ。……もしかして臭ったか？」

「つまり、私はクロノ・シックザード様に運ばれて、クロノ様のローブにくるまりながら、クロノ様のベッドで寝ていたと？」

「……そうだが？」

「……。……。……。あばばばばばばばばばばばばb！」

数秒の沈黙の末、壊れたように震えだすシャーロット。

「ここここ、こんな幸福、享受できるように人の身体《からだ》は設計されていない！　し、死ぬぅ、死んでしまううううううぅぅぅ」

「ど、どうした急に⁉」

「分からないのですか！　私はクロノ・シックザード様に運ばれて、クロノ様のローブにくるまりながら、クロノ様のベッドで寝ていたのですよ！」

「それ、さっきの台詞《せりふ》繰り返してるだけだろ」

「というかこ、こうしている間にもクロノ様の部屋の空気が私の肺に……？　小瓶とか持っていないでしょうか？　できれば持ち帰りたいのですが⁉」

駄目だ……、完全にパニックになっている……。やはり、部屋に連れてきたのは間違いだったかもしれない。

「こ、これがクロノ様のローブ！　嗅がせていただきます！　スゥゥゥ――」

「ちょっと静かに――」

ついにはローブを嗅ぎ始めたシャーロット。

俺は仕方なく手のひらでシャーロットの口を塞いだ。が、勢い余って、シャーロットをベッドに押し倒してしまう。

「むっ⁉」

「おっ、と……」

目の前に迫るシャーロットの瞳。

まるで宝石を埋めこんだようなそれに見つめられ、ドキリと心臓が揺れる。

「わ、悪い……！――でも、一旦、落ち着いてくれないか？　シャーロット」

懇願を込めながら落ち着いた声色で囁《ささや》く。と、シャーロットは顔を真っ赤にして驚くほど大人しくなった。

「ひ、ひゃい……。落ち着きました……」

熱でもあるかのようにボーッとした目で、何故《なぜ》か丁寧語で答えるシャーロット。

「よし。なら、色々と聞きたいことがあるんだ。説明してくれるか？」

何故空から落ちてきたのか。そもそも何者で、何故俺を知っているのか。

知らなければならないことがたくさんある。

「――それで、レベルV相当の侵略種《しんりゃくしゅ》と戦った辺りまでは覚えていますが、気付いたらこの時代に……」

＊

「つまり、シャーロットは二〇〇年後の未来から来たのか……」

シャーロットから一通りの話を聞いた俺は、内容を整理するように復唱する。

とても信じられる内容ではない。

が、彼女の持つ技術や装備は明らかにオーバーテクノロジーだ。信じるしかないだろう。

というか、それ以上に信じがたいことが多すぎて、未来から来たということにしないと話が進まない。

「それで、未来の世界だと俺は英雄扱いされていると……？」

「はい！」

「そして、未来の小説やらゲームで俺は主役になってるんだな……？」

「そうです！　証拠をお見せします！　――《解かれよ空間《ヴンダーカンマー》》」

シャーロットが魔術名を唱えると、突如、空間に黒い穴が出現する。

「これも未来の魔術なのか……⁉」

「はい。《解かれよ空間《ヴンダーカンマー》》という魔術で、予備の装備から布教用のグッズまであらゆる物を収納できて、どんな場所からでも取り出せます。常に収納スペースが足りていないオタクにとても優しい魔術です」

シャーロットは黒い穴に手を入れると、一冊の本を取り出す。

「こちらがその証拠です！」

本の表紙には、『黒乃伝《くろのでん》』のタイトルと、黒髪紅目《あか》の青年が描かれている。

「こちらの『黒乃伝』はクロノ・シックザード様の半生をフィクションも交えながら書いた作品となっていまして、クロノ様について見たい、知りたい、脳に情報を刻みたいという方にはオススメの一品です。漫画、アニメ、ゲームとあらゆる媒体が存在するので、活字が苦手という方でも自分に合った――」

早口で語り続けるシャーロット。

その間も、ぬいぐるみや、うちわ、同じ缶バッチがいくつも付いた鞄《かばん》を取り出している。

……彼女が俺の熱狂的なファン、オタクだというのは間違いないようだ。

表紙に描かれた青年に視線を落とすと、とある違和感を覚えた。

「この表紙にいるのが俺なのか？」

「その通りです！　まぁ大変お美しいご尊顔でして、本物のクロノ様に負けず劣らずの美貌です！」

「……俺は、未来だと瞳の色が紅だったってことになってるのか？」

「はい！　大変よい質問ですね！　クロノ様を題材とした作品は星の数より多いと言われていますが、その九割で紅色の設定となっています。去年私自身が統計を取り、同人誌にて配布までしたので間違いありません。現に、本物のクロノ様も瞳の色が紅色だったという記述がありまして…………紅色ではありませんね……」

超早口だった口調が、俺の瞳を見た瞬間ゆっくりになる。

そう。俺の目は両方とも黒だ。

「まぁ……、基本的にはな」

含みのある言い方で誤魔化す。

よく分からないといった顔のシャーロットを見るに、未来でも俺の力は知られていないのだろう。

俺は考えをまとめるように息を吐く。

「……正直言って、俺が未来で英雄扱いされているなんてとても信じられないが――」

「残念なことにアニメは第二期までしか放送されていませんので、クロノ様が三体――」

「……悪いけど、話すのは一旦やめてくれないか？」

「はっ！　す、すみません。布教できると思ったら止まらなくなって……」

我に返ったシャーロットは恥ずかしそうに、モジモジと縮こまる。

何となく分かってきたが、クロノ・シックザードのことになるとスイッチが入ってしまうようだ。

俺は先ほど区切ったところから話を再開する。

「とても信じられないが、こうして証拠を見せられると納得するしかないな」

レベルⅤの侵略種を、俺が七体も倒す。

とても信じられないが、現に俺の半生を描いたという作品が手元にある。

そして、それをこよなく愛してきたという少女が俺について熱弁しているのを見れば、納得するしかない。

なにより、レベルⅤの侵略種を七体も倒すということは、多くの人を救うということだ。

そんな希望に満ちた未来を信じたいという気持ちが大きかった。

「はい……！　信じていただけてよかったです！」

シャーロットは俺の理解を得られて、パァッと表情を明るくする。

「あ、あの、それでクロノ様、状況を理解したところで、お願いがありまして……」

トマトのように、顔を真っ赤にしたシャーロット。

雌豹《ひょう》のように四つ這《ば》いになりながら迫ってくる。

破れた衣服から胸元が見えそうで、俺は慌てて目を逸らした。

「な、なんだよ」

「私にクロノ様のサインをいただけないでしょうか⁉」

「サイン……？」

シャーロットは、息を荒くしながらペンを手渡してくる。

私に、というのはシャーロットの身体にということだろうか……⁉

「はい。本物のクロノ様からサインを貰《もら》うことが、私が誕生して以来唯一の夢でして！

——是非、こちらの『黒乃伝』にクロノ様のサインを」

「なんだ本にか……」

身体に！　なんて言われたらどうしようかと思っていた。

「ま、まぁいいけど。書いたことないから期待しないでくれよ」

「つ、つまり私に初めてをくれると……？」

「誤解を招きそうな言い方だな……」

自分をモデルにした作品にサインを書くというのは不思議な感じだが、本の表紙にペンで自分の名前を書き記す。

「あ、宛名は『シャルネコ』でお願いできますか？　……あっ、や、やっぱり、本名で！

シャーロット・ルナテイカーでお願いします！」

「注文が多いな……。――ほら、これでいいか？」

「ありがとうございます！　つぅぅぅ〜」

声にならない歓喜を上げ、シャーロットは本を抱きかかえる。

自分と彼女の名前を書いただけで、ここまで喜んでくれるのなら安いものだ。

「そ、それと、できればでいいんですけど、お写真を撮らせていただいてもいいでしょうか。本物のクロノ様を写真に収めることが、私が誕生して以来唯一の夢でして……」

「そのフレーズさっきも聞いたんだが……？　じゃあ、写真館にでも行くのか？」

「いえ、この自動詠唱端末で撮れるので、このお部屋で大丈夫です。むしろ、クロノ様の部屋でクロノ様を撮るという方がプレミア感があります……！」

シャーロットが四角い手のひらサイズの端末を見せてくる。どの辺りにプレミア感があるのかは分からないが、部屋から移動する必要がないことは理解した。

「しょ、しょうがないなぁ……」

写真は恥ずかしくなるから苦手だが、嬉《うれ》しそうなシャーロットを前にすると断れなかった。

俺は写真が撮りやすいよう、シャーロットの隣に腰を下ろす。

「え、え、あの、クロノ様単体で撮らせてもらえれば良かったのですが……」

「え？　マジ？」

てっきり二人で撮るものだと思っていた……！

猛烈に恥ずかしくなり、慌ててシャーロットから離れようとする。

「ま、待ってください。……せ、せっかくですから隣で撮りましょう……！」

しかし、俺の手を摑《つか》んで引き留める、シャーロット。

目尻に涙を浮かべ、懇願するような表情。簡単に振りほどけそうな弱々しい力だったが、離れたいという意思を俺から一瞬で消し去った。

「お、おう。分かった」

シャーロットに引っ張られるまま、改めて彼女の隣に腰を下ろす。

「で、では、もう少し近づいていただいて……。それで、親指を立ててください。私はハートの片方を作るので……」

シャーロットの髪が頰をくすぐり、甘い匂いが嗅覚を刺激する。

口元が緩みそうになるが、そんな表情を写真に残すことはできない。飛んで行きそうになっている頬を引きずりおろし、冷静な表情を保った。

カシャッ！　カシャッ！　カシャッ！　カシャッ！　カシャッ！

シャッター音が鳴り続ける。

チラリとシャーロットの顔を見ると、口元はデレデレに緩みきっており、無類の強さで侵略種を屠《ほふ》っていた騎士とは思えない表情をしていた。

「ありがとうございました！　うぅ……、念願が叶《かな》いましたぁ……！」

かれこれ、数分間シャッター音が鳴り続けた後、シャーロットは顔を歪《ゆが》めながらポロポロ大粒の涙を流す。

「な、泣くほどか……？」

「なぐほどですよ……！」

シャーロットはサイン本と詠唱端末を抱え、溢《あふ》れる涙を指で拭う。

「それでもう一つお願いなんですけど……」

「まだ続くのかっ⁉」

ひとしきり感情を出し切ったのか、更なる要求がきた。

「そ、そんな凄《すご》いお願いではないんです！　ただ、クロノ様が使われているブレードを見せていただきたくて……！　時代的に、〈クロノン一号〉かと思うんですけど！」

「〈クロノン一号〉……？」

「クロノ様が使われているブレードの名前です！」

誰だ、そんなダサい名前付けたやつ……。

それはそれとして、シャーロットのお願いは聞けそうにない。

「悪いが、それは聞けそうにないな。今、修理中なんだ」

俺は、罅《ひび》の入ったカートリッジをシャーロットに見せる。

「え……」

シャーロットは顔を寄せ、真面目な表情でカートリッジの罅を見つめる。

「……これ、クロノ様がご自分で壊されたんですか？」

「そんなわけないだろ。使ってたら急に壊れたんだよ。……それがどうしたんだ？」

「今日って何日ですか？」

「三月四日だ」

「……なら、今〈クロノン一号〉が壊れるのはおかしいです。〈クロノン一号〉が壊れるのは、魔術暦《まじゅつれき》五五五年八月、ノースデルタ殲滅《せんめつ》任務のはずです。当時の文献にもちゃんと記載があります。私の知っている歴史よりも五ヶ月も早い……」

顎に手を当て、シャーロットは考え込む。

「──クロノ様、最近妙なことが起きていたりしませんか……？」

「未来から来た俺のオタクを名乗る子にサインをして、写真も撮った……」

「あぁ、いえいえ、私を除いてですよ！　誰かから狙われている気がするとか、視線を感じる、とか」

真剣な眼差《まなざ》しで、シャーロットが俺を見つめる。……どうやら冗談ではないようだ。

「たしかに……、最近よくブレードが壊れるし、視線を感じることはあるが……」

でも、ただの気のせいだろ？　そう続けようとしたが、眉間にしわを寄せたシャーロットを見ると、何も言えなくなってしまった。

「これはあくまで可能性の話ですが……。この時代には既に……」

思考を終えたシャーロットは口を開く。

「──私以外にも、未来から来た人間がいるのかもしれません」

シャーロットの言葉が重く、鼓膜に響いた。

「それは……、さすがに飛躍しすぎじゃないか？」

「しかし、でないと、クロノ様のブレードが五ヶ月も早く壊れる理由がありません。歴史が変わっているということは、本来いなかったはずの人物がいるということです」

反射的に否定してしまったが、有り得ない話ではない。

――現に、目の前の少女は未来から来たのだから。

シャーロット以外に未来人がいるという証拠はない。

シャーロットの話す歴史が正しいとも限らない。

だが、そう考えると、最近の出来事に納得のいく自分がいた。

「じゃあ、その未来人がブレードを意図的に壊して、俺を監視しているとでも言うのか？　なんのために……？」

「それは……、分かりません。ですが、些細《ささい》なことで未来が変わってしまうのは、タイムトラベルを扱った作品では往々にしてあること……！　もしこの世界もそうだとするなら……」

「俺がレベルⅤを倒す未来も、変わるかもしれないってことか……？」

その言葉に、シャーロットの表情が凍る。

レベルⅤは一体で世界を滅ぼせる存在。

もし未来が変わって一体でも倒せないようなことになれば、未曽有の被害が出る。

瓦礫《がれき》と化した文明に、大地に混じった血肉。――脳裏に嫌な記憶が過《よぎ》った。

――だったとして、俺は何ができる？ 目の前にその未来人が現れるならまだしも、本当にいるのかも分からない正体不明の相手に、俺ができることはあまりに少ない。

「そんなこと、させません……」

シャーロットが呟《つぶや》く。

その顔は決意を孕《はら》んでいて、彼女と初めて会ったときのようだった。

「私の好きなクロノ様と、その歴史を誰かに変えられるなんて、そんなこと私が絶対に許しません。だから――」

片膝を突き、俺の手を取るシャーロット。

「私を、シャーロット・ルナテイカーを傍《そば》にいさせてください。クロノ様専属の騎士として、私がクロノ様とその未来をお守りいたします」

真剣な眼差しで、シャーロットに見つめられる。

その視線を前にすれば、理屈だとか考える間もなく、自然と首を縦に振っていた。

「あ、あぁ、シャーロットがいいならよろしく頼む」

「よかったです。こ、断られたら生きていけなくなるところでした……！」

緊張が解けたのか、「デヘヘヘ」と不気味に頰を緩ませるシャーロット。

彼女を頼りにして大丈夫だろうか……。急に不安になってきた。

シャーロット・ルナテイカー　～魔術暦555年　3月　4日　22時　30分～


騎士団が用意してくれた寮の一室。

クロノ様の未来を守るならば、可能な限り近くにいなければならない。

つまりは、私もこの時代の騎士団に所属しなければならない。

ということで、魔術で偽造した書類を持って騎士団へ赴いたところ、明日入団試験を受けさせてもらえることになった。

未来人である私からすると、こっちが心配になるようなセキュリティだが、いつの時代も人材が不足しているのは変わらないようだ。

私は硬いベッドで横になりながら、枕元に飾ったサイン本に目を向ける。

クロノ様によって書かれたクロノ様と私の名前。

可能ならば全ての文字を書いてもらって、文字フォントとして世界中に配布したい。

サイン本の隣には、クロノ様と私のツーショット写真。

見つめていると、クロノ様と目が合うようでどぎまぎしてしまう。もう少し画質を落とすべきだった。

過去の世界で最初に出会えたのがクロノ様で、クロノ様のローブにくるまりながらクロノ様のベッドで寝て、サインを貰《もら》い、ツーショットまで撮ってもらった。

目を瞑《つぶ》らずとも完全に思い出せる。可能なら、この記憶を映像媒体として複製して全人類に公開したいくらいだ。

「……。……。……いや、あまりにキモいな私」

今日の出来事を思い出していたら、今更羞恥心が牙をむいてきた。

――クロノ様の部屋の空気が私の肺に……？　小瓶とか持っていないでしょうか？

「うっ……！」

――クロノ様専属の騎士として、私がクロノとその未来をお守りいたします。

「ぐえぇっ……！」

過去の自分が羞恥という刃となって今の私を切り裂いてくる。

今思い返すと、言動と思想が限界オタクすぎて我ながら痛すぎる。

可能なら、全てなかったことにして、はじめましてからやり直したいくらいだ。

……いや、仮に百回やり直したところで、百通りの醜態を晒《さら》す自分が容易に想像できた。

己の本性を隠すのは不可能だ。

やってしまったことは取り返しようがない。

大事なのはこれからどうするかだ。

「ふー、ふー」

私は呼吸を整え、精神を安定させる。

私はクロノ様の未来を守る騎士になったのだ。クロノ様専属の騎士である私が羞恥心などで悶《もだ》えていてはいけない。

きっと、この時代には既に未来人が来ている。

そして、その未来人は何故《なぜ》かクロノ様の未来を変えようとしている。

専属騎士の名にかけて、クロノ様が七体のレベルVを倒し、英雄となる未来は私が守る。

「何があろうと、必ず私が守りますから……」

クロノ様とのツーショット写真を見つめ、私は決意を改めた。……やっぱり、照れてしまう。今度から画質を落とそう。

クロノ・シックザード　～魔術暦555年　3月　5日　8時　12分～
境界騎士団《きょうかいきしだん》　リーンディア支部。

多くの騎士が所属するこの組織は、侵略種《しんりゃくしゅ》に対抗できる人材を育てるため、養成所が併設されている。

養成所に通う者は騎士候補生として、魔術の基礎からブレードの扱いまで、侵略種に対抗する手段を二年で学び、その後適性のある部隊へ配属される。

そんな養成所の二年生である俺は、荘厳《そうごん》な雰囲気が漂う正門を通り抜けようとしていた。

「クロノせんぱ～い、おはようございます～」

砂糖を塗《まぶ》したような声と共に、正門の影からピョンっと飛び出す影。

ウェーブのかかった瑠璃色のボブヘアと、猫を思わせる瞳、小柄な体軀《たいく》。

養成所の一年生で、数ヶ月前から俺と同じ隊に仮配属されている、アイ・アルクヴェーディアだ。

「よう、おはよう、アイ」

「クロノ先輩、昨日任務の後すぐ帰っちゃいましたね～。何か用事でもあったんですかぁ？」

「まぁ、ちょっと野暮用がな」

遭遇した未来人を部屋に連れ込んでいた、なんて言えるはずもなく、適当に誤魔化す。

「え～、具体的に教えてくださいよ～」

プリーツスカートの裾を摑《つか》みながら、せがんでくるアイ。

どう誤魔化したものか悩んでいると、背後から怒声が飛んでくる。

「通してくれ、怪我人《けがにん》だ！」

走り抜けていく騎士たちと、その間に担《かつ》がれた担架。

担架に乗せられた騎士は至るところに酷《ひど》い火傷《やけど》を負っており、一瞬視界に入っただけでも、胸が詰まった。

「……酷い怪我でしたね。きっと、最近出没してるっていう鳥型の侵略種にやられたんですよ」

「……だろうな」

アイの言う鳥型の侵略種とは、最近よく目撃されている個体だ。情報によると、全身が炎で包まれており、俊敏な動きで負傷者を多く出しているそうだ。

昨日の任務でも目撃情報が出たので単身捜索に出たが、代わりに見つかったのは空から落ちてきた少女、シャーロットという訳である。

「早く討伐しないとな」

「そうですね～。クロノ先輩が頑張らないと」

「なんで俺一人なんだよ」

「だって、クロノ先輩なら、簡単に倒せちゃうでしょう？」

俺の問いかけに、アイはにっこりとした笑みで答える。無邪気に揶揄《からか》っているようで、なにか知っているようにも取れる顔だ。

アイと共に養成所の校舎へと歩いていると、グラウンドの前にできた人だかりと、その最後尾で背伸びをしているオフィーリアが目にとまった。

オフィーリアは俺たちに気付くと、大きく手を振ってくる。

「おはよ〜、クロノ。アイちゃん」

「おはようございます〜、オフィーリア先輩」

「よう、オフィーリア。なんだよ、この人だかりは」

「今入団試験を受けてる子がね、凄《すご》く強いんだって！　噂《うわさ》になってたから見に来たの！」

興奮気味に答えるオフィーリア。

しかし、同じように噂を聞きつけたギャラリーが壁になってよく見えていないようだ。

ワッと歓声が上がったのはその時だ。

「現役の騎士相手に五人抜き⁉」

「一体何者だよ、あの男！」

「いや女の子だよ、黒色のローブを着てるだけ！」

人々の間からグラウンドに視線を向けると、ブレードを持った騎士が一人。

淡い金色の髪。

手には髪と同色のブレードを握っており、女性にもかかわらず、男性用の黒いローブを纏《まと》っている。

そして、彼女の周りには試験官である騎士が五人も地面に伏していた。

「オフィーリア先輩、肩車、肩車しますかぁ？　そしたら一緒に見えるかもしれません」

「うーん……、肩車だと一人しか見えないんじゃないかなぁ……」

オフィーリアとアイがどうにか噂の少女を見ようとしている中、俺は目の前の光景に苦笑を浮かべる。

「めちゃくちゃ強いじゃないかよ……、シャーロット」

俺の未来を守るため、現代の騎士団に所属するという話だったが、未来の技術を使わずここまで戦えるとは思っていなかった。

人だかりに気付いたシャーロットは、俺の前では絶対に保てない凛々《りり》しい表情を浮かべ、小さく手を振っている。それだけの所作で、ギャラリーから再び大きな歓声が上がるのだった。

*

「本日より第十二期生に騎士候補生が増えることとなった。――では、名前を」

「今日から編入することになったシャーロット・ルナティカーだ。正式配属まであまり時間はないが、皆、よろしく頼む」

騎士候補生たちが集う教室。

教官に促され、颯爽《さっそう》と自己紹介をするシャーロット。

丁寧に編み込まれた鮮やかな金髪と、凜々しい顔立ち。

同じ制服を纏っているにもかかわらず、不思議と高貴な雰囲気が溢《あふ》れており、実は異国の王族だと言えば、大半の者が信じるだろう。

入団試験で現役の騎士を五人抜きしたという異例の強さを見せたシャーロット。

彼女の実力ならば養成所を飛ばして、すぐにでも正式配属されるはずだったが、本人の強い希望により、俺たち第十二期生の編入生という扱いになったらしい。

「あ、あの、質問いいですか！」

質問を求められるより早く、同期の少女が上ずった声で手を挙げる。

「あぁ、構わないよ」

「ご出身はどちらでしょう？」

「出身はオルトス北部の小さな村だよ。剣術の練習をしていたら、騎士団関係者にスカウトされてしまってね」

当然嘘《うそ》だ。

未来から来ました、と馬鹿正直に言えるはずもないので、騎士団へ所属するために作った設定である。

未来に下手な影響を与えないよう、シャーロットが未来から来たとは誰にも言わず、俺とは極力関わりを持たないことにしたのだ。

「どうして男性用のローブを着ているんですか？」

「これかい？　ちょうど女性用の白いローブが品切れだったみたいでね。代わりに男性用のものを着ているんだ」

……多分、嘘だ。

シャーロットは昨日、洗って返すといって、俺のローブを持って帰った。

そして、今日彼女が着ているローブには、新品とは思えない汚れとほつれが見える。

これらの証拠から考えるに、今シャーロットが着ているローブは俺のだ……。

「よりにもよって俺のやつ着てくるかよ！」と大声で言ってやりたいが、設定上、シャーロットは編入生。俺と知り合いではない。指摘したくてもできない。

「やっぱり、変だろうか……」

「い、いえ！　とても素敵です！」

丈の合っていないローブの袖でシャーロットが恥ずかしそうに口元を隠すと、女子を中心に歓声が上がる。

凜々しい出《い》で立《た》ちから垣間見《かいまみ》える、微《かす》かな羞恥。

シャーロットの本性を知る俺も今の仕草には来るものがあったので、ローブの件はもう気にしないことにする。

「趣味とかありますか？」

候補生たちからの質問は止まらない。

「趣味……」

シャーロットはポツリと呟《つぶや》き、俺の方へ視線を向ける。

まさか、俺について言うつもりじゃないだろうな……。

「趣味は読書……、かな」

落ち着いた様子で囁《ささや》くシャーロット。

昨日のようにオタクを爆発させてしまうのではと思っていたが杞憂《きゆう》――

「特にクロノ・シックザード様が登場する作品は全て読破しているし、読む用、見る用、持ち運ぶ用、保存用の四冊ずつ持っている。クロノ様について知りたい者は、私に言ってくれればどんなことでも解説し──」

「やっぱ駄目じゃないかよっ……！」

俺が項垂《うなだ》れるように机へ拳を叩《たた》きつけると、その音でシャーロットは我に返ったのか、顔を赤くして慌て始めた。

「あっ……、えっと、私の言っているクロノ様というのは、このクラスのクロノ様ではなくてキャラクターのというか、なんというか、その、いや……、わ、わぁ、このクラスにも偶然同姓同名の方がいるんだね。は、はははは……」

あまりに無理がありすぎる誤魔化し方。

同期たちは、何が起きたのか理解できていないようで、困惑と訝《いぶか》しみの視線を俺とシャーロットに向けるのだった。

＊

『侵略種は捕食した対象の形質を得る』

鋼鉄を喰《く》らえば鋼鉄の外皮を、炎を呑《の》めば炎の肉体を獲得する。

この特性に、人類は苦戦をしいられた。

侵略種《しんりゃくしゅ》は異世界を渡る力を持つため、この世界にはない形質を持つ個体も少なくない。

それらの個体に対して、人類の武器はあまりに無力だった。

だが、人類は諦めなかった。

この世界に武器がないのなら、他の世界から見つければいい。

侵略種は捕食した対象の形質を得る。

そして、侵略種は異世界を渡る力を持つ。

ならば、侵略種の特性を利用すればいいのではないか？

何百何千という侵略種の死体を切り開き、その特性を解析できれば、これまで侵略種が捕食した技術が――侵略者共を葬《ほうむ》りうる異世界の武器が見つかるのではないか？

そうした考えのもと、魔女を始めとした世界中の賢人が集結し、完成させた兵器。

それが対侵略種用超高密度魔力刃――通称ブレードだ。

一見、剣の持ち手部分しかないそれだが、使用者が魔力を流すことで高密度の魔力の刃を形成する仕組みとなっている。

騎士たちは侵略種に対抗するため、模擬戦を通してブレードの技術を磨いている。

「ま、参りました～」

「勝負あり。勝者、シャーロット・ルナテイカー」

剣術の授業が行われているグラウンドで、騎士候補生である少女の降参と、教官の判定の声が響く。

「うむ。悪くない腕だね」

少女を倒したシャーロットが、ブレードの刃を収める。

「でも、ブレードを振るのに集中しすぎて足下が疎《おろそ》かになっているね。攻めるばかりではなく、自分のペースをつくるのが大事だよ」

「は、はい……！　ありがとうございます」

まるで教官のようにアドバイスをするシャーロット。的を射た指摘のようで、近くにいる教官も少しやりにくそうだ。

「シャーロットさん、次は俺の相手をしてくれますか？」

「もちろん。好きに攻めてくるといい」

グラウンドの中央で同期たちに囲まれるシャーロット。

今朝クロノについて語っていたのは、悪霊《あくりょう》の仕業ということにでもなったのか、模擬戦の挑戦が途絶えることはない。

「さっきので十四連勝か……」

グラウンドの隅で俺は呟く。

入団試験の五戦も入れると、十九連勝。

剣術はもちろん、連戦でもブレードを維持できる魔力量、どちらもトップレベルだ。未来の技術も使わせたら、最強とすら言えるかもしれない。

「そんな子が俺を好きだって言うんだからなぁ……」

涼しい顔で同期のブレードを受けているシャーロットと、俺について早口で語ってくるシャーロットが同一人物で、本当の彼女は俺しか知らないと思うと、なんだか照れる。

「あっ、いたいた！」

声の方に視線を向ければ、グラウンドにやってきたオフィーリアの姿があった。

「よう、オフィーリア。こっちに来て良いのか？」

「うん。休憩中だから大丈夫だよ。入団試験で五人抜きした子って、クロノのクラスに編入してきたんでしょ？　どんな子なのか気になったから見に来たんだ」

オフィーリアは俺と同じ第十二期生だが、頭の良さと戦闘力の低さから、既に侵略種を研究する役職に就いている。

「それで、あの金髪の子がシャーロット・ルナテイカーちゃん？」

オフィーリアが首を傾《かし》げると、グラウンドの中央から、ワッと歓声が上がる。シャーロットがまた同期を倒したのだ。

「あぁ、今ので十五連勝目だ」

「十五連勝目⁉　凄《すご》いねー！」

「でも、本気は出してないだろうな」

「そうなの？」

「入団試験で、現役の騎士を五人倒したんだ。俺たちみたいな候補生が本気を出させるなんて無理だろう？」

養成所の騎士は、仮配属として任務に就くことはあっても、後方支援が多い。

未来の世界で隊長を務めていたというシャーロットには敵《かな》わないだろう。

「じゃあ、クロノとならどっちが勝つかな？」

「……どうして俺が引き合いに出るんだ？」

「だって、クロノは他の皆よりも強いでしょ？」

確信を持っているように微笑《ほほえ》みかけてくるオフィーリア。

確かに俺は他の同期より戦闘経験は多いし、実力者とは手合わせをしてみたい。

しかし、相手はシャーロット。

俺が近づくとまた目立つような結果になりそうで、躊躇《ちゅうちょ》してしまう。

……どうにか戦わずに済む言い訳を考えなければ。

「手合わせできるものならしてみたいが、ブレードも修理中だしなぁ……」

「って言うと思ったから、修理したのを持ってきたよ！　この前のが〈クロノン一号〉だったから、これは〈クロノン二号〉だね！」

「勝手に名前付けたの、お前だったのかよ……」

俺の答えを待ち構えていたように、オフィーリアがブレードを差し出す。

ブレードがないことを理由にしたかったところに、ブレードを出されたらどうしようもない。

「私も、どちらが勝つのか気になりますね」

気付くと、オフィーリアの隣に、アガサが並んでいた。

「昨日ぶりですね、クロノくん」

相変わらず不健康そうな外見で、青空の下が最も似合わない人間だ。

「アガサ先生も、シャーロットちゃんを見に来たんですか？」

「はい。どんな方か気になったので。それで、クロノくんが彼女の相手をしてくれるんですよね？　教官には私から言っておきますよ」

「……それはどうも」

微かに唇を上げ、俺を見つめるアガサ。

教官にまで許可を取られたなら逃げるのは無理だ。

「頑張ってね、クロノ！　負けても慰めてあげるからさ」

「分かったよ……。ボコボコにされてくればいいんだろ……？」

オフィーリアは活を入れるように、俺の背中を押す。

もう逃げ道はない。ちょうど十六連勝目を飾ったシャーロットへ、模擬戦を申し込む。

「シャーロット、次、いいか？」

「クロノさ……んんっ！　クロノ君か。もちろん構わないよ」

一瞬いつもの様付けが出そうになったものの、咳払い《せきばら》で誤魔化すシャーロット。

シャーロットから君付けされるのは変な感じだ。そもそも様付けされているのも変な話だが……。

「シャーロット……！　実は知り合いに見られてる」

シャーロットにだけ聞こえる声量で呼びかけ、視線で背後にいるオフィーリアとアガサを指した。

「あの灰色の髪……、見る者の心を落ち着けるような笑み……、もしや、オフィーリア・オーフィングさんですか……⁉」

他の同期に悟られないよう、静かにはしゃぐシャーロット。

「オフィーリアを知ってるのか？」

「と、当然ですよ。クロノ様と同じ孤児院で育ち、侵略種から数多《あまた》の技術を解析したとされるオフィーリア・オーフィングさんですから！　す、凄い……、本物みたいだぁ……」

「ま、まぁ、本物だからな」

シャーロットの興奮度合いと説明からして、オフィーリアも歴史に名を残すらしい。子供の頃から一緒にいた身としては、自分が英雄になると言われるより納得できた。

「それで頼みたいんだが……、何度か打ち合った後、俺は途中でよろける。そのタイミングでたたみかけてくれ」

「何故《なぜ》ですか……？　昨日のクロノ様を見るに、私と互角に思えますが……」

「訳あって騎士団に俺の実力を悟らせたくない。人目があると昨日の力は出せないんだ」

「なるほど……！　たしかに、養成所時代のクロノ様はパッとしない成績の、石を投げれば当たるような何処《どこ》にでもいる目立たない奴《やつ》だったとされています。未来を変えないためにも、ここでは下手に目立たない方がいいでしょう」

「口に出されると微妙にむかつくが……、そういうことで頼む」

八百長《やおちょう》の約束をし、間合いを開いた俺とシャーロットは、ブレードに魔力を流す。

互いに顕現する黒と金の刃。

高密度の魔力で形成されたそれは、侵略種の皮膚すら貫く最強の矛だ。

メンテナンスのおかげか、いつもより使いやすい気がする。

「次はクロノが相手かぁ」

「これはシャーロットちゃんの十七連勝ってところか？」

周りの同期がザワつきだす。

大半の同期は俺が敗北すると思っているらしい。実際そうなるのだから良い予測だ。

「そっちから来ていいぞ」

「では、お言葉に甘えて――」

直後、眼前で揺らめく金髪。

「はや――」

振り下ろされる金色の刃を、俺は反射的にブレードで受けた。

高密度の魔力の刃がぶつかり、火花が散る。

他の同期と戦っているより数段速い。

やはり、さっきまでは実力を出しきっていなかったか。

「急に本気出してくるじゃないかっ……！」

「未来の大英雄を相手にしているのですから、この位当然です」

シャーロットは不敵な笑みを浮かべ、ブレードで俺を攻め立てる。

刃がぶつかる度に小さな衝撃が空間に走り、俺の腕に耐えがたい圧がかかった。

「何が途中でよろける、だよ……」

少し前の自分を笑ってやりたい。八百長をするまでもなく、このままでは俺の負けだ。

シャーロットの実力を引き出せたし、この辺りでやめてもオフィーリアたちは満足するだろう。

――だが、このままやられっぱなしで終わるのは癪《しゃく》だ。

「《心枢第一層《パストリリースト》》――《織巧解放《アスト》》」

魔術名を宣言した瞬間、俺の心臓が激動し、全身を魔力が満たしていく。

急激な魔力の上昇を察知したのか、シャーロットが飛《と》び退《の》いた。

魔力は心臓の鼓動によって供給される。

《心　枢《パストリリースト》》は意図的に鼓動を加速させることで、一時的に魔力を増加させる魔術。

大抵の騎士なら行使できるが、行使後の肉体負荷が大きいため、好んで使いたがる者は少ない。

「人目があると使えないのではないのですか？」

苦笑を浮かべるシャーロット。

「本当はな」

ブレードに視線を落とすと、黒色の刃が仄《ほの》かに紅《あか》みを帯び始めていた。

控えめに《心枢《パストリリースト》》を行使したつもりだが、騎士団側に魔力を感知されるまで三十秒といったところか。

「でも知ってるだろ、お前なら。——俺が負けず嫌いだって」

増大した魔力で脚力を強化し、シャーロットとの距離を詰める。

我ながら賢くない選択をした。このままシャーロットに完敗して、記念すべき十七連勝目の相手になれば全て丸く収まっただろう。

しかし、闘志に当てられて黙っていられるほど、俺は冷静なタイプではないのだ。

——どうせ負けるなら三十秒後。三十秒間可能な範囲で全力を出して負ければいい。

ブレードが衝突し、魔力が弾《はじ》ける。

互いの呼吸が聞こえそうな眼前での鍔迫《つばぜ》り合《あ》い。だが、この程度ならシャーロットは涼しい顔で受け流すだろう。

「あ、あっ……。クロノ様の顔近……！」

湯気すら上げそうな、涼しさと無縁の顔のシャーロット。

あっ……、これはまずいな……。

「闘志に溢《あふ》れるクロノ様の顔良すぎる。こ、こんなのガチ恋距離じゃないですか！　く、クロノ様、お顔の型を取らせていただいてもいいでしょうか⁉　へ、部屋に飾ります」

目をグルグル回しながら、シャーロットは意味不明な言葉を呟《つぶや》き続ける。相当動揺しているのか、ブレードの刃が不安定なものになっていた。

「おい、しっかりしろよシャーロット！」

「あ、呼び捨て、効く……！」

「今までも呼び捨てだっただろ……！」

ビクッと、シャーロットは身体《からだ》を震わせる。

「もう……限界でひゅぅ……」

頭を揺らして、尻餅をつくシャーロット。

……勝敗が決してしまった。

「嘘《うそ》だろ⁉　勝っちゃったぞ、クロノのやつ！」

「あいつ、そんなに強かったのか！」

「でもたしかクロノくんって、オフィーリアちゃんと同じ孤児院で――」

予想外の結果に、ギャラリーが響めく。

傍《はた》からは十六連勝中だったシャーロットを俺が負かしたように見えているだろう。

……実際はシャーロットが勝手に興奮して、勝手に自滅しただけなのだが。

結局、負けるはずだった模擬戦は、三十秒も経《た》たずに俺の勝利で終わってしまった。

＊

食堂はリーンディア支部にいる全員が使用するため、昼時は大盛況となる。

「いつの時代も食堂は大盛況なんですね。……しかし、やけに注目されているような」

「そりゃあ、あんだけ目立てばなぁ！」

食堂の列に並ぶ俺とシャーロット。

至るところから視線を向けられ、何やらヒソヒソと噂話《うわさばなし》をされている。

入団試験と模擬戦で無双したシャーロットと、何故か彼女に勝ってしまった俺。

その二人が一緒にいるのだから、注目するなという方が無理だ。しかも、シャーロットは最初の挨拶で俺について熱弁しているし、もう言い訳のしようもない。

「大変申し訳ありませんでした、クロノ様。私が至らないばかりに……」

申し訳なさそうに視線と肩を落とすシャーロット。

落ち込んだ子犬のような彼女を見ていると、怒る気も消えていった。

「まぁ、きっと大した影響は出ないだろ」

言ってしまえば、想定以上に目立っているだけだ。この程度では未来も変わらないだろう。……多分。

「せ～んぱいっ！　今日も一緒にお昼いいですか～。……むっ」

昼食の載ったトレーを受け取ると、何処からともなく現れるアイ。

しかし、俺の背後にいるシャーロットに気付いたようで、微《かす》かに眉を寄せた。

「クロノ先輩、ちょっとちょっと」

「どうした？」

アイに手招きされるまま、彼女の傍に寄る。

「どなたですか、あの金髪の方……。初めて見ますが」

俺の耳元で囁《ささや》くアイ。その声にいつものような甘ったるさはなく、冷たさすら感じた。

「シャーロットだ。今朝、入団試験を受けてただろ？」

「あの時の方ですか……？　わざわざ養成所に編入したんですか……？」

訝《いぶか》しむアイ。

実際、シャーロットの実力ならばすぐに正式配属されるはずなので、当然の感想だ。

「……やっぱり今日は失礼しますね。じゃあ、先輩。また会いましょうね～」

アイはいつもの声色でそう言うと、手を振って去っていく。

「おや、今の方は？」

食事を受け取ったシャーロットが、俺に問いかける。

「後輩のアイだ。……もしかして知ってるか？」

「いえ……。初めて聞く名前ですね」

オフィーリアを知っていたので、アイはどうかと思ったが、シャーロットも俺とその周りについて全てを把握している訳ではないようだ。……二百年後の人間なのだから当然か。

空席に座ると、遅れてきたオフィーリアが、俺たちの席へ走ってきた。

「ごめんねー。解析に時間かかっちゃったー。──あっ、さっきの！」

シャーロットに気付いたオフィーリアが、両眉を上げる。すかさずシャーロットが席を立ち、彼女に手を差し出す。

「シャーロット・ルナテイカーだ。クロノくんから話は聞いている、よろしく頼むよ」

「そうなんだ！　オフィーリア・オーフィングです。よろしくね、シャーロットちゃん」

お互いに自己紹介をし、二人は笑顔で握手をする。

シャーロットがいきなりオタクを爆発させてしまわないか不安だったが、平常心を保てているようだ。……しかし、シャーロットの下半身に目を向けると、余った左手で太ももをつねっていたので、相当我慢しているのが分かった。

「さっきの模擬戦見てたよ！　十六連勝なんて凄《すご》いね！　魔力切れを起こしたって聞いたけど、大丈夫だった？」

「心配してくれてありがとう。少し食べたらだいぶ楽になったよ」

シャーロットは凜《りん》とした雰囲気のまま微笑する。

急な発汗とめまいは、魔力切れの典型的な症状だ。

度重なる連戦で、シャーロットは魔力切れを起こした。それが偶然クロノとの戦闘中だった。というのが、同期たちやオフィーリアの出した結論だ。都合良く勘違いをしているのだから、そういうことにしておく。

「でも、クロノくんはとても強かったよ。魔力切れがなくても負けていたかもしれない」

「そうなんだよ、クロノって結構強いんだよ～！　よくサボってるから剣術の成績は悪いけど、ブレードの扱いだけなら同期で一番なんじゃないかな。座学の成績も笑っちゃうくらい悪いけどね」

「オフィーリア。褒めてくれるのは嬉《うれ》しいが、ディスりで挟むのはやめてくれないか？」

「ふふっ。ごめんね。ちょと揶揄《からか》いたくなっちゃったんだ」

「うう、何気ないやりとりが……、尊い……」

俺とオフィーリアの会話を聞いていたシャーロットがボソリと呟く。今のやりとりのどの辺に尊い要素があったのだろうか。

「ふぅ……。最近皆がたくさん侵略種《しんりゃくしゅ》を倒してくれるから、解析が大変だよー」

ため息を吐きながら、オフィーリアはまんざらでもなさそうに呟く。

騎士団に在籍するのは、侵略種と戦う騎士だけではない。

騎士とは別に、侵略種が蓄えた技術を解析する、解析員という役職が存在している。

侵略種は捕食した対象の形質を獲得する特性を持っているため、死体を解析すれば異世界の技術を得ることができる。

――その解析と技術の再現を行っているのが解析員だ。

「でね、今解析してる技術が面白そうでね？　こういう四角い箱なんだけど、それに物を入れると温めてくれるみたいなんだ～」

ジェスチャーを交えながら、侵略種の解析について楽しそうに語るオフィーリア。

昼食はいつも、オフィーリアが解析した技術について話し、俺が聞き役になる。

「それも兵器だったのか？」

「まだぜんっぜん分かんないんだ。でも、アガサ先生は料理を温めるとか、日常的に使われるものだって予想してるみたい」

侵略種から得られる技術は凄《すさ》まじいもので、ここ十数年でこの世界の文化水準は飛躍的に上昇している。侵略種のせいで絶滅に瀕《ひん》しているにもかかわらず、侵略を受けてからの方が豊かな生活を送れているというのは皮肉なものだ。

「あっ、ごめんねシャーロットちゃん。ご飯のときに気持ち悪いよね……」

「い、いや。構わないよ。現役の解析員の話が聞けるなんてとても貴重だからね。二人のお話を一言一句メモしたいくらいだ」

シャーロットは涼しい顔をしながらも、机の下で両太ももを思いっ切りつねっている。一言一句メモしたいというのは本心なのだろう。

「やぁやぁ、食事中に失礼するよ」

オフィーリアの話を聞いていると、唐突に誰かが話しかけてきた。

焦げ茶色の髪と、丈の合っていない黒色のローブ。

服装からして男性のようだが、椅子に座っている俺とちょうど目線が同じになる身長なので、少女と言われても違和感はない。

「僕は二年一組のアレックス・ベッドレイク。《雷人《らいじん》のアレックス》と言えば、同期の君らには伝わるだろう？」

鷹揚《おうよう》な態度で名乗るアレックス。

同期であるオフィーリアに目線を向けるが、困ったように首を横に振っている。当然俺も知らない。が――

「ぶふっ！　あ、あの《雷人のアレックス》ッ⁉」

スープを飲んでいたシャーロットが吹き出す。どうやらオタクには伝わっているらしい。

「やはり、同期には僕の名前が轟《とどろ》いているようだね！」

シャーロットの反応で機嫌を良くしたのか、アレックスは微笑《ほほえ》みながら髪を掻《か》き上《あ》げる。

「知ってるのか、シャーロット」

「当然ですよ！　アレックス・ベッドレイク。この時代ならクロノ様の次に人気のある方です……！　ま、まぁ、私はクロノ様一筋ですから？　あまり興味はありませんでしたがぁ？　歴史書にも『クロノ・シックザードと最も多く同じ戦場に立った男』と記載があるくらいですから、公式、二次創作問わず絡《から》みが多くてですね……特にボーイズがラブラブするようなコンテンツでは――」

小声で尋ねると、シャーロットは興奮気味に答える。……例によって話が終わる気配はないので、目の前のアレックスへ意識を戻す。

シャーロットがここまで熱く語るということは、彼も未来でキャラクターになっているのだろう。

「それで、そのアレックス・ベッドレイクが何の用だよ」

「当然知ってのことかと思うけど、僕は総合成績一位で養成所の卒業を目指している。模擬戦で十六連勝したとかいう編入生がどんな奴《やつ》か見に来たのだよ」

つまり、シャーロット目当てというわけだ。

「しかししかし！　よくよく聞くとその編入生を負かした奴がいるというじゃないか。――それが君みたいだね、クロノ・シックザード」

アレックスは挑発するように俺を睨《にら》み付《つ》ける。

……前言撤回。どうやら目当ては俺らしい。

「ちゃんと情報が伝わってないみたいだな、アレックス。あれはシャーロットが魔力切れを起こしたんだ。俺が強いわけじゃない」

「君の総合成績が五十二位で、本来なら僕の敵じゃないというのも把握している。――だけど、侵略種の討伐数なら僕に続く二位だろう？　座学や模擬戦の成績が並以下の奴が出せる記録じゃないと思うんだがぁ……？」

まるで何かを疑っているかのように、アレックスは不敵に笑う。

「……よく調べてるじゃないかよ」

「同期の成績なら全員記憶してるからねぇ。本来なら君はそこら中にいる並の騎士候補生だろう。でも、もしかしたら君が爪を隠すタイプで、僕の寝首をかこうとしているかもしれない。だから、今のうちにどっちが上かはっきりさせておきたい」

「――クロノは弱くないよ」

パンを千切っていたオフィーリアの声に、怒気が滲《にじ》む。

「おい、オフィーリア……」

「ごめんね、クロノ。家族を悪く言われたら、黙ってられないかな」

見張った目で、アレックスから視線を逸《そ》らさないオフィーリア。

「それで私はあまり興味ないのですが、アレクロ派とクロアレ派で派閥が――」

……言うまでもないが、未来での俺とアレックスの関係性についてまだ小声で語っているのはシャーロットだ。

「誰かと思えば、オフィーリア・オーフィング……」

「へー、私のことはちゃんと知ってるんだ。クロノは知らないのにね」

「飛び級で解析員になった秀才を忘れるはずないさ。……しかしなるほど、クロノの名前に聞き覚えがあると思ったらそういうことか」

合点《がてん》がいったとでも言いたげに、アレックスは顔を上げる。

「――君、五四一年の侵略災害《しんりゃくさいがい》を生き残った一人だね」

まさか侵略災害のことを知っているとは思わず、俺は眉を上げた。

「オフィーリアはともかく、俺の名前まで覚えてる奴は珍しいな」

「騎士として当然だろう？　レベルVの侵略種二体が激闘を繰り広げた地獄の一夜だ。それの生存者だというなら、尚更《なおさら》実力を見ておきたい」

アレックスは俺の襟を摑《つか》むと、自身の方へ近づける。

「はっきりさせようじゃないか、シックザード。どっちが騎士として優れてるか！」

互いの瞳に己の顔が映りそうな距離。勝手に話を進められているが、ここまで挑発されて黙っている俺ではない。

「わ、わぁ凄いです。この構図原作にもありましたっ……！　っていうか、これこそが原作……？　うっ……！」

「わわっ、シャーロットちゃん、鼻血出てるよ!?　ほら、上向いて！」

突然鼻血を出したシャーロットと、慌てるオフィーリア。

『災害地区二－Bにて、侵略種の出現を確認しました。第一から第三小隊は出動の後、速やかに対象を殲滅《せんめつ》してください。繰り返します――』

俺の意思にかまわず話が進んでいく中、出動命令が鳴り響く。

第三小隊である俺は、残っていた昼食を口に詰め込み、出撃するために走り出す。

たとえ一触即発の空気だろうと、侵略種が出れば話は別だ。

「気を付けてねー、クロノ」

背後から聞こえるオフィーリアの声。解析員である彼女と小隊に配属されていないシャーロットは留守番だ。

「ちょうど良い機会じゃないか」

隣を走るアレックスが話しかけてくる。

「僕は優秀だから当然第一小隊だ。同じ戦場に立てるね」

「仮配属の部隊に成績は関係ないだろ……」

「どうだろう？　今回の出撃でどっちが多くの侵略種を殺せるかで優劣を決めるのは。どうせなら、君の得意分野で相手をしてあげよう」

「悪いが戦場でそんな遊びをするつもりはない。お前との優劣は別の機会で――」

「そうこなくてはね。では君の吠《ほ》え面《づら》、楽しみにしておくよ！」

俺の返事を最後まで聞くことなく、アレックスはハッハッハと高笑いをしながら、後方へ遠ざかっていく。

……どうやら、足は速くないようだ。……なんだあいつ。

＊

侵略種の身体《からだ》にブレードの刃を突き刺す。

巨大な口から言語化できない断末魔が響き、球状の肉体が動かなくなった。

「これで八体目だぞ……」

空に開いた大穴を睨み付ける。

快晴な青空。

それを斬り裂くようにできた裂け目。

侵略種がこの世界へ侵入するために作る穴。通称、次元口《じげんこう》だ。

騎士団は次元口の大きさと、そこから漏れる次元外魔力《じげんがいまりょく》から出現した侵略種の規模を推定する。

今回の次元外魔力値は五千。

ここ一ヶ月の平均次元外魔力値が二千前後であるため、いつもの倍以上の侵略種が侵入してきたことになる。

「ふっ――」

次なる侵略種を見つけるため、俺は荒廃した戦場を走り出した。

侵略種の数が多すぎるため、騎士たちは散り散りになっている。単独行動が取りやすいのは好都合だ。

了承したつもりはないが、アレックスと討伐数で競うことになった以上、手を抜くことはできない。

「見つけた……」

視界に入る、侵略種《しんりゃくしゅ》。何を考えているのか、暢気《のんき》に空中で静止している。

魔力を脚力に集中させて一瞬で侵略種へ肉薄。

侵略種は俺に気付くこともなく、一薙《な》ぎで身体が切断された。

これで九体目。

「キュルルルル……」

俺を嘲笑《あざわら》うような鳴き声が、死角から響く。

視線を向ければ、瓦礫《がれき》の陰に隠れていた二体の侵略種。

大口を開けて、二体の侵略種が突進してくる。咄嗟《とっさ》にブレードを振って一体を仕留めるが、残りの一体に脇腹を食いちぎられた。

「っ!」

痛みを噛《か》みしめ、俺はブレードを構え直す。

……まさか、罠《わな》にはめられたのか？

浮遊していた侵略種は俺を誘《おび》き出《だ》すための陽動で、物陰に隠れていた二体の侵略種が俺を仕留める。一連の連携にはそういった意図が感じ取れた。

だが、そんなことは有り得ないはずだ。下位の侵略種は捕食のみを生存目的としており、あんな高度な連携を取れる知能はないとされている。

「お前……！　ただの侵略種じゃないのか……？」

問いかけるも、返事があるはずもない。

俺の肉を食べた侵略種はニンマリと大口を開け、俺を嘲笑っているかのようだ。

「――《煌めけ星閃《ステラルーチ》》」

少女の声が聞こえ、侵略種の身体を光線が貫く。

「ご無事ですか⁉　クロノ様」

黒色のローブを纏《まと》ったシャーロットが俺に駆け寄ってくる。

「シャーロット……、お前どうしてここに？　まだ配属されてないだろ」

「配属など関係ありません。私はクロノ様の騎士ですから、お守りするのは当然です！

――それよりもお怪我《けが》の方は⁉」

　シャーロットは慌てて、俺の傷口を看《み》る。

　多少肉が食われた程度で、内臓までは至っていないようだ。

「お、お、大怪我ではありませんか⁉、お、落ち着いてくださいクロノ様、クロノ様落ち着いて！　私の自動詠唱端末に登録されている治癒魔術で治せます。少々お待ちください！　い、いやこういう時はまず消毒。まずは私の唾液で……！」

「お前が落ち着けよ……。大丈夫だ、この程度なら自分でなんとかできる」

　傷口に唇を寄せようとするシャーロットを止め、俺は食いちぎられた脇腹に手をかざす。

「《癒傷《エクスキュア》》」

　負傷した箇所に魔力を集中させて魔術名を唱えると、脇腹の肉が徐々に再生される。

　この世界の魔術は、元々不老不死を目指して発展してきたものだ。

　自身の心臓から溢《あふ》れる魔力で理想界《イデア》と呼ばれる層を構築し、その中で世界の法則をねじ曲げる技術――それがこの世界における魔術。

　そのため、身体強化や自己再生といった自己のみに干渉する魔術は豊富に存在している。

　が、裏を返せば、他者への攻撃や回復といった、自分以外のものに干渉する魔術はまだまだ未開の分野であり、侵略種を解析することで、詠唱や紋章といった他世界の魔術理論が研究されている真っ最中だ。

「ふぅ……」

傷口が塞がり、構築していた理想界《イデア》を解く。

一連の光景を眺めていたシャーロットは、とんでもない物を見たかのように震え出した。

「す、凄《すご》いです、クロノ様！　詠唱端末なしで治癒魔術が使えるのですか⁉」

「そりゃあ騎士だからな。シャーロットだって使えるだろ？」

侵略種と戦うため、《心枢《パストリリースト》》と《癒傷《エクスキュア》》を始めとした魔術は習得までの過程が構築されている。大半の騎士ならば使えるはずだ。

「……お恥ずかしい話ですが、私の時代では端末による自動詠唱が主流なので、自分で魔術を行使することがなくて……」

恥ずかしそうに視線を下げるシャーロット。

詠唱は、大気中に満ちている魔力を消費して魔術を行使するための技術だ。

現代ではまだまだ発展途上のものだが、シャーロットの時代では、端末に肩代わりさせるまで発展しているようだ。

「じゃあ、端末が破壊されたらどうするんだ？」

「魔術なしで戦うことになりますね……。なので、壊されないように立ち回りますし、対人戦では端末の破壊を目指します」

現代の感覚では無防備な気もするが、ブレードの扱いに注力できるといった利点もあるのだろう。

「それよりさっきの侵略種だ……！」

俺は、先ほど倒した侵略種のもとへ駆け寄る。あの三体はこれまでの個体と明らかに動きが違った。きっとなにか、他にはない特徴があるはずだ。

シャーロットが撃ち抜いた個体を調べる。と、巨大な口の上に、光る物が目に付いた。

「……なんだよ、これ」

それは、指の先ほどしかない大きさで、今まで見たこともない物質だった。

そう、喩《たと》えるならシャーロットが未来から持ってきたような――

「クロノ様、それをどこで⁉」

驚愕《きょうがく》するシャーロット。

信じられないとでも言いたげに目を見張り、額には汗すら浮かんでいる。

「分かるのか？　これが何か」

「……はい、分かります」

シャーロットは重々しく頷《うなず》く。

「それは、調教器《チューナー》と呼ばれる機械です。それを付けられた侵略種は知能が向上し、ある程度なら人間の言うことを聞くようになります」

「おい、そんな技術聞いたことな――」

そこまで言って理解した。

――シャーロットが言っているのは、この時代の話ではないのだと。

「お察しの通りです……。この機械は今から百八十年後、魔術暦《まじゅつれき》七三〇年頃に、侵略種を神の遣いだと信仰する組織――侵略種教団《しんりゃくしゅきょうだん》の幹部、カラマ・シストルフィによって作り出される技術。つまり――」

「やっぱりいるってことか……！　シャーロット以外の未来人が」

その事実に気付いた瞬間、悪寒《おかん》が走った。

予想はできていたことだが、こうして証拠が出ると、現実味と恐怖が広がる。

「しかも、クロノ様の命を明確に狙っています。他の侵略種にも調教器《チューナー》が取り付けられている可能性は高いです。迂闊《うかつ》な行動は避――」

その瞬間、高らかな笑い声と共に稲妻が瞬《また》き、俺たちの目の前に人影が現れる。

「やぁやぁ、シックザード。奇遇だね」

突然現れたアレックスがキザなポーズで挨拶してくる。

彼の小隊が担当しているエリアはここから離れているので、奇遇で会える距離ではないはずだが……。

「何の用だよ、アレックス……。今お前に構ってる場合じゃないんだ」

「今は僕との対決中だというのに、僕に構っている場合じゃない⁉」

勝手な解釈をして、一人で驚愕するアレックス。

「いや、そういう話をしてるんじゃ――」

「なるほど。既にそれだけの余裕を持てるほど侵略種を倒したというのか……。なかなかやるじゃないか、シックザード」

「……おい、シャーロット。全然俺の話聞かないぞ、こいつ。未来でもこんなキャラなのか？」

「まぁ、どの作品でも概《おおむ》ねこんな感じで描かれていますね……。でも、養成所は首席で卒業したと言われていますよ」

「こんなのが俺たちの首席かぁ……」

大丈夫なのか、俺の同期たちは。

アレックスは完全に自己の世界に入っているようで、俺の話を一切聞こうとしない。

といっても、未来人が干渉してきている、と正直に説明したところで信じようとしないだろう。どうにかして今起きている異常事態を伝えたいが……。

「いいだろう、シックザード。僕も本気を、ベッドレイク家の力を見せてやろう。――《雷身《エレランソーマ》》」

アレックスが魔術名を唱えた瞬間、バチバチと小さな電撃が彼の身体《からだ》を覆う。

「それじゃあ、シックザード。今からでも吠え面《ほえづら》の準備をしておくことだね」

ハッハッハと高笑いをして、アレックスが地を蹴る。

その瞬間閃光《せんこう》が瞬き、彼の身体が遥《はる》か彼方《かなた》へ消えた。

「クソ！　言いたいことだけ言いやがって……！」

敵意を持った未来人がこの戦場にいるかもしれないというのに……。

「シャーロット、たしかアイツは『クロノ・シックザードと最も多く同じ戦場に立った男』なんだよな⁉」

「はい！　それはもう億千万個の二次創作が作られるほどに重要な方です！」

「もしも、ここでアイツが死ぬようなことになったら、……未来はどうなる？」

問いかけた途端、みるみる青ざめていくシャーロット。

「控えめに見ても詰みます……。三体目のレベルⅤはアレックスさんの援護があったから倒せたと言われていますから」

未来の俺はどうしてあんな面倒くさい奴《やつ》と仲良くしてたんだ……！　しかし、この異常事態で放置するわけにもいかない。

「シャーロット、アレックスを追うぞ！」

「はい！」

＊

「──《魔術精製機能《クリエイト》》起動。オーダー、対象の居場所を探索する魔術」

『音声認識完了。魔術を精製中……、精製完了。命名：《探査魔術《サーチャー》》。魔術式展開：：Δ＝@₱∈κ＝∧α∨:Ṡ──』

戦場を走りながらシャーロットが魔術名を呟《つぶや》くと、端末から辺り一帯の地図といくつもの赤い点が浮かび上がる。

「凄いな……。こんなこともできるのか」

「はい。単純な魔術でしたら、その場で精製してくれます」

未来の技術である詠唱端末はあまり使いたくなかったが、今は緊急事態だ。アレックスに追いつくため、使うしかない。

「──この中心にいるのが私とクロノ様。アレックスさんは……、動きからしてこれかと思われます」

シャーロットが指した赤い点は、凄《すさ》まじいスピードで地図を直進していた。

「どんだけ速いんだよ、アイツ……」

「《雷身《エレランソーマ》》は自らの身体を雷に変換し、高速移動を可能にする魔術ですから」

未来の知識を持つシャーロットが、アレックスの魔術を解説する。

「故に雷の人間、つまりは『雷人《らいじん》のアレックス』と未来でも呼ばれているのです。……ちなみにですが、この二つ名、後々『雷神《らいじん》のアレックス』に変わるのですが、そちらが読めるのは『黒乃伝《くろのでん》』で言うと八巻にあたりまして、クロノ様とアレックスさんのやり取りが特徴的な名シーンなんですよ！　……じゃあ、今から私が再現しますね」

「再現までは、いいかな……」

「あっ……！　す、すみません。任務中なのについ語ってしまいました……」

シャーロットは恥ずかしそうに口元を押さえる。

このままではアレックスが止まらない限り、追いつくのは不可能だ。

俺もアレックスと同じ魔術を使えればいいのだが、そうもいかない。

侵略種《しんりゃくしゅ》が侵攻してくるまで、魔術は門外不出のものとして個人や家系で独占され、情報や技術が共有されることはほとんどなかった。

価値観が変わったのは、境界騎士団《きょうかいきしだん》の設立以降。

侵略種に対抗できる人間を少しでも増やすため、魔術に関する情報や技術が公開され、徐々に体系化されるようになったのだ。が、一部の魔女や魔術師の名家は未《いま》だに蓄えた技術を秘匿している。

古くからの魔術名家であるベッドレイク家は保守的な価値感のようで、魔術について何も情報を出していない。この戦場で《雷身《エレランソーマ》》を扱えるのはアレックスだけだ。

「クロノ様、アレックスさんの動きが止まりました」

「侵略種に遭遇したか……？　急ぐぞシャーロット」

交戦中と思われるアレックスのもとへ急ぐ。

その途中、至る所に侵略種の死体があり、そのどれもが雷に撃たれたように黒炭になっていた。

アレックスが仕留めた個体で間違いない。討伐数第一位の実力は本物のようだ。

「ぐあああぁぁぁぁ！」

前方で爆発が起き、悲鳴が響いたのはその時。——アレックスの声だ。

「あいつ……！」

鼓動が速くなる。

今の爆発はレベルⅠの侵略種が起こせる規模ではない。

爆発が起きた場所へ駆けつけた時、そこには凄惨な光景が広がっていた。

巨大なスコップで掘り起こしたかのように凹《へこ》んだ大地。瓦礫《がれき》の山からは煙が立ち上り、この場所で爆発があったのだと主張していた。

その窪《くぼ》みで横たわる人影。それが目に入った瞬間、俺の心臓が大きく跳ねた。

「アレックス！」

斜面を下り、アレックスのもとへ駆け寄る。

ひどい火傷《やけど》で、黒ずんだ肉体。ブレードはあるものの、それを握っていたはずの左腕が消し炭になっており、数分前まで高笑いをしていた人間とは思えない姿となっていた。

「シックザード……か……」

辛《かろ》うじて意識はある。……だが、このままでは長くない。

「シャーロット！　治癒魔術を！」

「はい……！」

シャーロットは即座に詠唱端末で治癒魔術を起動し、アレックスに施す。

端末から放射される水色の光が、アレックスの身体を徐々に戻していくが、それでも間に合うか分からなかった。

心臓の鼓動が速く、重いものになっていく。

「シックザード……」

「今は喋《しゃべ》るな」

「僕はいい……。はやく逃げろ……」

「黙ってろって言ってるだろ！」

頭の底から嫌な記憶が這《は》い上《あ》がってくる。

目の前で失われていった、いくつもの生命。

その一つにアレックスが加わろうとしていた。

「あの侵略種は……、僕たちじゃ倒せない。救援を呼んで……」

「キエアアァアアア！」

突如響いた雄叫《おたけ》びが鼓膜を劈《つんざ》く。

見上げれば、空を旋回する鳥の姿。

その身体は炎に包まれており、翼を振りながら俺たちの前にゆっくりと降りてくる。

大人の身長ほどある両翼をはためかせる度に火の粉が舞い、熱と死を実感させた。

明らかにこの世界の理から外れた存在——侵略種だ。

『膨大な次元外魔力《じげんがいまりょく》を感知しました。推定魔力値：四〇〇〇』

シャーロットの端末から警告が響く。

魔力値が四千台ということはレベルⅢ相当。

――『きっと、最近出没してるっていう鳥型の侵略種にやられたんですよ』

脳裏を過るアイとの会話と、担架に乗せられていた騎士。

彼女の言っていた侵略種が目の前のこいつだと理解する。

「シャーロット、近くに他の騎士はいるか？」

「っ……！　いえ、辺りには私たちだけです」

「救援の到着までどのくらいかかる？」

「徐々に駆けつけているようですが、時間はかかりそうです……。しかし、ご安心ください。私が時間を――」

ブレードを手に、立ち上がろうとするシャーロット。

顎から汗が滴《したた》っており、緊張しているのだと分かる。

「いや、シャーロットはそのままアレックスの応急処置を続けていてくれ」

シャーロットの肩に手を置き、俺はブレードを持って立ち上がる。

明確な死の気配を感じながらも、俺は驚くほどに冷静だった。

他に騎士がおらず、救援にも時間がかかる。

絶望的な状況。——だが、これ以上好都合なことはない。

「しかしクロノ様っ！」

「これから見ること全部、誰にも言わないでくれ。——《心枢第二層《バストリリースト》》——《逡巡解放《ヴァイト》》」

魔術名を宣言した瞬間、俺の心臓はまるで歓喜するように激震し、増幅した紅色の魔力が全身へ供給される。

『膨大な次元外魔力を感知しました。推定魔力値：三五〇〇』

再び警告を鳴らす、詠唱端末。

『膨大な次元外魔力を感知しました。推定魔力値：四〇〇〇』

黒色だったはずのブレードが徐々に紅《あか》く染められていく。

『膨大な次元外魔力を感知しました。推定魔力値：四五〇〇』『膨大な次元外魔力を感知しました。推定魔力値：五五〇〇』『膨大な次元外魔力を感知しました。推定魔力値：六〇〇〇』『膨大な次元外魔力を——

「クロノ様……、一体……何を……」

端末が警告を発し続ける中、背後のシャーロットが声を震わせる。

いくら俺について詳しい彼女でも、今起きていることを正確に理解するのは不可能だろう。何故《なぜ》なら、これまでもこれからも、誰にも他言しない力なのだから。

「俺がシャーロットとアレックスを守る。……だから、安心してくれ」

俺は振り返り、シャーロットを安心させるように微笑《ほほえ》む。

「クロノ様……！　左目が……！」

驚愕《きょうがく》するシャーロット。

それも当然のことだ。俺の左目は今、彼女が見せてきた作品のクロノ・シックザードのように、紅く染まっているのだから。

『膨大な次元外魔力を感知しました――』

「これがクロノ・シックザード――」

『――推定魔力値：八〇〇〇』

「――レベルVの侵略種から心臓を譲り受けた俺の力だ」

＊

『騎士団の設立以降、最も悲惨だった侵略はなにか？』

そう問われた場合、多くの騎士はこう答えるだろう。

――魔術暦《まじゅつれき》五四一年七月四日の侵略災害《しんりゃくさいがい》、だと。

オルトス国西部、現在はリーンディア支部となっているリーンディア城。

その上空に突如現れたレベルVの侵略種二体。

あらゆる次元の魔術を吸収した魔力の王〈龍《りゅう》〉と、兵器を食らい尽くした凶器の王〈白虎《びゃっこ》〉によって引き起こされたその災害は、半径三キロ圏内のあらゆる生命体をたった一夜で死滅させた。――ただ六人を除いて。

生存者の一人である少女は、加護と治癒魔術の名家であるオーフィング家の娘であり、死の縁《ふち》にあった両親から加護の魔術を多重にかけられたため、生存できたとされている。

他の生存者も、魔力に対して異常なまでの耐性を持っていたり、そもそも死という概念のない不老不死であったりと、それぞれ生存の理屈があった。

しかし、一人の生存者に関しては、騎士団がどれだけ調べても、何も分からなかった。魔術名家の生まれでもなければ、特異な体質を持っていたわけでもない。当然不老不死というわけでもない。どこにでもいた普通の少年。

――それが俺、クロノ・シックザードだ。

だが、ただ運が良かったために侵略災害を生き延びたわけではない。

俺は明確に覚えているのだ。五四一年のあの日、死にかけていた俺の前に龍の姿をした侵略種が現れ、心臓を与えられたのを。

それ以降、俺はレベルVの侵略種――〈龍〉の心臓で生きている。

通常の心臓の鼓動であれば問題ないが、《心　枢《バストリリースト》》などで過剰に心拍数が上昇すると、〈龍〉の魔力が溢《あふ》れ、次元外魔力として騎士団に感知されてしまう。

だからこの力は、人目がなく、侵略種が出現しているときにしか使えない。――もし、騎士団にこの力を勘づかれたら、きっと騎士ではいられなくなるから。

〈龍〉の魔力が全身を巡り、〈龍〉の保有する異世界の知識が全能感を満たす。

黒と紅の混ざったブレードを片手に、黒と紅の双眸《そうぼう》で、目の前の侵略種《しんりゃくしゅ》を睨《ね》めつけた。

侵略種の表情は読めない。だが、俺から溢れる魔力が人間のそれではないと気付いているのか、辺りに舞う火の粉が先ほどより熱く感じられた。

「おいおい、お前まで怯《おび》えるなよ。――同族だろ？」

紅の魔力で強化された脚力で、俺は疾駆する。

「速ッ⁉」

一瞬で後方へと飛んでいく、シャーロットの声。

鳥型の侵略種は上空へ飛ぶと魔力を溜《た》め、炎の玉を口から放った。

今の俺ならば避けることは容易《たやす》い。だが、大地へ着弾した焔《ほのお》は一帯に爆発を起こし、シャーロットとアレックスに被害が出るだろう。ならば――

「はあッ！」

裂帛《れっぱく》の気合いと共に、ブレードを空へと振り抜く。
その瞬間、ブレードに溜めた余剰な魔力が刃となって空を駆け、炎の玉を切り裂いた。
二つに分断された焔が俺たちを避けるようにして大地に落ち、双方から爆発が起きる。
「本当は空中で消滅させるつもりだったんだけどな……」
〈龍〉の魔力は調整が難しい。
もし、本気で振り抜いていたら俺の斬撃の方が被害を出していただろう。
今ので格の違いを思い知ったのか、侵略種は高度を更に上げ、俺から逃走をはかる。
「今更逃がすかよ」
思いっ切り大地を蹴って、跳躍。
突風が顔に直撃し、空中の侵略種に一瞬で追いついた。
ブレードを侵略種の羽に突き立てる。
「ギエアアアあぁああAAAAaaaAAaaa！」
空を引き千切るような侵略種の叫び聲《ごえ》が、俺の鼓膜を裂く。
纏《まと》う炎が一気に温度を上げ、腕を焦がした。
侵略種は俺を引き剝がそうと必死で空中を飛び回る。
が、何をしようと俺が離れることはない。

ブレードの出力を上げ、片翼を切り落とす。

再び叫び聲が上がり、俺と共に降下していく侵略種。

だが、奴《やつ》の目はまだ諦めていなかった。

白色の瞳で俺を睨《にら》み、なんとしても俺を焼き尽くすという殺意を向けてくる。

侵略種の胸に溜められる炎。——最初に放った炎の玉を、この至近距離で撃つつもりだ。

「させるかッ……！」

侵略種が炎を放つ瞬間、ブレードを奴の口に突き立てる。その直後、俺と侵略種の魔力が衝突し、空中で巨大な爆発を起こした。

轟音《ごうおん》と熱と突風。

「っ……！」

俺は魔力の壁——理想界《イデア》で全身を包んでそれらの衝撃から耐える。

目を開けた時、俺は地面にブレードを突き刺していた。——鳥型の侵略種の頭部を貫通して。

「俺の……勝ちみたいだな……」

勝利の宣言を、侵略種の亡骸《なきがら》に吐き捨てる。

ブレードで頭部を破壊された侵略種は、身体《からだ》を大地に飛び散らせ、全身を覆っていた炎も消滅していた。

「ロノ様……クロノ様……！」

破れた鼓膜にシャーロットの声が響く。

「シャーロット……か」

見慣れた金髪を視認した瞬間、限界を迎えた身体が彼女に倒れかかる。

「つう〜〜。く、クロノ様ぁ⁉」

顔を赤くして、歓喜の声をこらえるシャーロット。

「悪い……、限界みたいだ」

どれだけ〈龍〉の魔力が強力でも、それを扱う身体は普通の人間だ。使えば使うほど肉体を壊すことになる。

心臓の鼓動が徐々に戻っていき、ブレードから紅色の魔力が抜けていく。だがその前に、〈龍〉の膨大な魔力でやらなければならないことがある。

「シャーロット、頼みがある……」

「な、なんでしょうか！　私にできることならば何なりとっ！」

「俺をアレックスのところまで連れていってくれ」

シャーロットに肩を貸してもらい、俺はアレックスのもとへなんとか辿《たど》り着《つ》く。

詠唱端末の治癒魔術により、アレックスの身体は多少回復したようだが、それでも危険な状態だ。

「私の詠唱端末ではこれが限界です……。治癒魔術専用の端末でなければ治せません」

「いや、十分だ。よくここまでもたせてくれた」

俺はアレックスの傍《かたわ》らに膝をつくと、彼の心臓がある辺りに手を載せる。

アレックスはピクリと肩を震わせ、虚《うつ》ろな目で俺を見上げた。

「何をする……、シックザード」

今にも消えそうな掠《かす》れ声。

だが、シャーロットが言うには、アレックスは未来の世界で俺に並ぶ英雄になっているのだ。ここで死なれては、未来が大きく変わってしまう。

「抵抗するなよ、ベッドレイク。お前は俺が治してやる……」

俺は〈龍〉の魔力で自分とアレックスを包み込む。

この世界の魔術は他者への干渉に長《た》けていない。自身の魔力で構築した理想界《イデア》の中でのみ魔術は成立するからだ。自分とは別の魔力で包まれた他者に対して、魔術で干渉することはできない。

だが、例外はいくつかある。

膨大な魔力で理想界《イデア》を構築し、他者の理想界《イデア》を押し潰すことができれば、他者の肉体も自分の身体であるかのように魔術を行使できる。

魔術名を宣言。

「――《癒傷《エクスキュア》》」

〈龍〉の魔力が、酷使された俺の身体と今際《いまわ》のアレックスを元の形へ戻していく。焦げてしまった肌は元の色になり、消し炭になったはずの左腕は時間が巻き戻るかのように輪郭を帯びていった。

「ふっ――」

全ての魔力を使い果たした俺は、アレックスの隣に倒れ込んだ。

「ご無事ですか、クロノ様⁉」

シャーロットが叫び、俺を抱きかかえる。

「ただの魔力切れだ……」

俺とアレックスの両方を全快するだけの魔力は残っていなかった。

だが、消し炭になっていたアレックスの身体は元に戻った。命の危機は去っただろう。

「シャーロットは、怪我《けが》してないか……？」

「はい！　無事です！」

「そうか。良かった……」

二人を守れたという安堵《あんど》から笑みが零《こぼ》れた。

しかし、それと同時に〈龍《りゅう》〉の力を見られてしまったという恐怖が、安堵を塗りつぶす。

「……失望したか？　俺に」

「えっ……」

抱き上げるシャーロットに問いかける。

俺が今使った力――〈龍〉の魔力は未来人のシャーロットも知らなかったはずだ。好きなキャラクターのもとになった人間が侵略種の力を使っていたと知ったのだから、失望してもおかしくない。

だが――

「そんなの、するはずないでしょう……？　むしろ、クロノ様はクロノ様なのだと確信しました」

シャーロットは目を細め、愛おしむように俺を見下ろす。

「どんな敵にも臆することなく立ち向かい、命に代えてでも仲間を助けようとする。間違いなくクロノ様は、私の愛するクロノ・シックザードです！」

それは、俺に向けられた紛れもない肯定で。

シャーロットの言葉に、恐怖と罪悪感が溶かされていく。

気恥ずかしくて、彼女を見つめ返すことができない。だけど、今の感情をちゃんと声に出さなければ、シャーロットの言葉を無下にしてしまう。

「ありがとう、シャーロット」

シャーロットの目を見つめ、まだ火傷《やけど》の残った手で頬を撫《な》でる。

「っ……！」

短い吐息を漏らし、赤面するシャーロット。

いつもの彼女なら早口でなにか言いそうだが、今は微《かす》かに視線を逸《そ》らし、俺の手を感じているようだった。

「誰かーそこにいるのかー⁉」

遠くから聞こえる騎士の声。

先程の爆発を見て、駆けつけてきたのだろう。

「シャーロット、どこかに隠れろ。配属されてないお前がいると話がややこしくなる」

「………………」

「おい、大丈夫か？」

「あ、す、すみません。た、たしかに……。では、失礼します」

そう言って、シャーロットは抱えていた俺を名残惜しそうに地面に寝かせ、去っていく。

「おい、シックザード……」

隣から聞こえるアレックスの声。

その声には活力があり、先程まで掠れていたのが嘘《うそ》のようだ。

「意識が戻ったか」

「あぁ、さっきね。……ありがとう」

ボソリと、照れるようにアレックスは呟《つぶや》く。

「お前、お礼とか言えるんだな」

「僕をなんだと思っているんだ君は。これでもベッドレイク家の長男だぞ!?」

声を張り上げるアレックス。これだけ元気があればもう大丈夫だろう。

「……アレックス、頼みがあるんだが」

「安心しなよ、他言はしない」

俺の言いたいことを悟ったのか、アレックスは先んじて宣言する。

「鳥型の侵略種《しんりゃくしゅ》に殺されかけて、シックザードに命を救われた。そう正直に言っても、僕にはなんの得もないだろう?」

「……感謝する。あと、もう一つ頼みたいんだが、あの侵略種は二人で倒したことにしてくれないか？」

「何故《なぜ》だい？　君一人の手柄にすればいいだろう？」

「騎士団に目をつけられると、動きにくくなるだろ？」

騎士団は、俺が偶然侵略災害《しんりゃくさいがい》を生き残ったとは思っていない。

だからこそ今でもアガサによる定期検診を行って、理屈を探ろうとしている。もし、功績を挙げれば監視の目が強くなるだろう。そうなれば、〈龍〉の力を使えなくなってしまう。

未来の俺が、最初のレベルⅤを倒すまで無名だったというのも、できる限り目立つのを避けていたからだろう。

「なるほど。……ふふっ、ははははは」

突然笑い出す、アレックス。

――それはいつものわざとらしい高笑いではなく、素のそれだった。

「やはり、僕の読み通り、君は爪を、本当の実力を隠していたわけだね」

「そうだな。お前の読みは正しかったよ」

「ということは、座学の成績が悪いのもわざとかい？」

「そ、そうだな……。と、当然だろ」

都合よく解釈してくれたのだから、そういうことにしておこう。
もうすぐ他の騎士が救援に来る。アレックスを救い、ついでに鳥型の侵略種も討った。
これで直近の危機は去っただろう。

第二章　未来人

クロノ・シックザード　～魔術暦《まじゅつれき》541年　7月　4日　16時　44分～

目に映るもの、全てが壊れていた。

崩壊した建物。血肉の飛び散った大地。

虚ろな足取りで一歩進めば、誰かの死を踏みつけることになる。

「っぁ……」

背中から地面に倒れる。思考が止まる。腹部から溢《あふ》れる血すら冷めていく。

もうすぐ自分も、無数に広がる死の一部になるのだと理解した。

虚ろな視界に、巨大な影が映ったのはその時だった。

「──ほう。まだ生きているとは幸運な小僧……いや、不運というべきか？」

巨大な顔が、倒れる俺をのぞき込む。

鋭い牙を揃《そろ》えた顎門、紅色の瞳、そして一色として混じり気のない純白の鱗《うろこ》。

この世界の理から外れた存在――侵略種なのだと、理解できた。

「……これは、お前がやったのか？」

「いかにも。余と同族の争いがこの惨状を生んだ。詫《わ》びるつもりはない」

悪びれることもなく言ってのける、巨大な侵略種。

そんな存在に俺は震える拳を突きつける。

「コロシテヤル……。オマエら、全員……！」

「死に体の小僧が何を言うのかと思えば、余を殺すときたか……！」

侵略種が鼻で笑うと、突風が吹きかかる。

「今しがた似たようなことを言った男を見たが、貴様の方がまだ威勢を感じられる。――だが、貴様が願うまでもない」

侵略種が首をもたげると、その付け根には一本の剣が突き刺さっていた。どれだけ巨大な人間でも持ち上げるのは不可能。一振りもすれば大地が裂けてしまいそうだ。

「残念だが、余達の終点はここのようだ。――むっ？」

侵略種が顔を顰《しか》める。

――死に体だと笑った少年が立ち上がっていたのだから当然だろう。

敵を前に弱点を晒《さら》すとは、とんだマヌケだ。

俺は侵略種へ一歩踏み出す。が、次の一歩を踏み出せず、再び地面に倒れた。

それでも土を握り締めて、這《は》い進《すす》む。

「イカれた小僧だな、貴様は……！」

蔑むように、だが心底嬉《うれ》しそうに侵略種は顎門を歪《ゆが》めた。

「小僧、貴様は余達を全員殺すと言ったな……？」

返事はしない。その代わり、怨嗟《えんさ》のこもった視線で睨《にら》む。

それで全てが伝わったようで、侵略種は俺の目の前に頭を下げた。

「いいだろう、小僧。余の残り火を貴様に賭けよう。――だから、余にできるだけ多くの同族を喰《く》わせろ……！」

そう言うと侵略種は光の粒子となり、俺の身体《からだ》に溶け込んでくる。

まるでお湯の中にいるような感覚で、抵抗する間もなく俺は意識を完全に失った。

クロノ・シックザード　～魔術暦555年　3月　5日　19時　08分～

騎士団の敷地《しきち》内にある医療棟では、先の任務で負傷した騎士達が治療を受けていた。

大半の騎士は自分の魔力で治癒を行えるが、魔力切れや意識を失っているものはそうもいかない。

かく言う俺も魔力切れを起こしている一人なので、病室で治療を待っているわけだ。しかし、意識はあるし、比較的軽傷であるため、後回しとなっている。

「く、クロノ……！」

勢いよく病室の扉が開き、両手で赤い手帳を抱えたオフィーリアが現れた。

相当急いで来たようで、呼吸は深く、肩からローブが零《こぼ》れている。

「ごめん、遅くなっちゃった……。怪我《けが》したって聞いたけど大丈夫？」

「まぁな、ちょっと怪我しただけだ」

「良かったぁ……、そんなに重くはなさそうだね……！」

オフィーリアは安心したように息を吐き、椅子に腰掛ける。

「でも、ちゃんと治しとかないとね。――ほら、手、握って？」

「あぁ、よろしく頼む」

差し出されたオフィーリアの右手を握る。

「じゃあ、調律するね」

そう言って、オフィーリアは目を閉じると、心を落ち着けるように深い呼吸を繰り返す。

この世界の魔術は、他者への干渉に長《た》けていない。

だが、方法が皆無というわけではない。

一つは、俺がアレックスにしたように、膨大な魔力で理想界《イデア》を構築し、他者の理想界《イデア》を押し潰す方法。

もう一つは、今オフィーリアが俺にしているように、魔力を調律する方法だ。

魔力の波長を他者の魔力に合わせることで、肉体に自身の魔力だと誤認させる。それにより、魔術による干渉を行うのだ。

理想界《イデア》で押し潰すより魔力の消費は少なく済むが、魔力の調律は習ってできるものではない。オフィーリアのように生まれつき調和性の高い魔力が必要だ。

「──《祓枷《エクラメント》》」

静かに目を開き、オフィーリアが呟く。

瞬間、灰色の光が瞬《また》き、オフィーリアの魔力により俺の肉体が修復されていく。

──《祓枷《エクラメント》》。加護と治癒魔術の名家、オーフィング家に伝わる魔術。

《癒傷《エクスキュア》》が外傷しか治せないのに対し、《祓枷《エクラメント》》は毒素や病といった肉体に害を与えるものまで浄化することができる。

「ふう……。悪いところ、全部治しといたよ」

「ありがとな、だいぶ楽になった」

俺は身体の調子を確かめるように腕を回す。幼い頃からオフィーリアに《祓枷《エクラメント》》されているせいか、自分の《癒傷《エクスキュア》》よりずっと身体が癒やされるのだ。

「お陰でもう治ったし、帰るか。寮まで送るよ」

「うん。ありがと」

魔力切れの倦怠《けんたい》感はあるが、動くのに支障はない。

ベッドから立ち上がり、オフィーリアと共に医療棟を出る。

「そう言えば聞いたよ、クロノ。レベルⅢの侵略種を倒しちゃったんでしょ!?」

夜道を歩きながら、オフィーリアは嬉しそうに騒ぐ。

「偶然だよ。しかもアレックスとの二人がかりだったしな」

「でも凄《すご》いよ！　本配属前の騎士がレベルⅢを討伐したのは騎士団設立以来初めてだって皆噂《うわさ》してたんだから」

本当は俺一人で倒したのだが、それを知るのはシャーロットとアレックスだけだ。

騎士団も、一時的に膨大な次元外魔力《じげんがいまりょく》を観測したそうだが、機器の誤作動と見ているようだ。まさか俺から出たものだとは夢にも思っていないだろう。

ちなみに当のアレックスは、俺が《癒傷《エクスキュア》》を施した甲斐《かい》があり、命に別状はないらしい。もう数時間もすれば魔力が回復し、自分で《癒傷《エクスキュア》》を行使できるようになるだろう。

人の話を聞かないし、色々と面倒くさい奴《やつ》だが、悪い奴ではなさそうだ。『クロノ・シックザードと最も多く同じ戦場に立った男』。……その異名も、あながち間違いではないのだろう。

「……やっぱり、クロノは強いんだね」

「なんだよ、今まで疑ってたのか？」

「ううん、そうじゃないよ。改めて思っただけ」

オフィーリアは目を閉じて、俺の肩に頭を載せた。

「でも、無理はしないでね。何があっても必ず帰ってきてね。そしたら私がどんな怪我でも病気でも治してあげるから。……もう、誰かがいなくなるのは嫌だからさ」

掠《かす》れた声で呟《つぶや》く、オフィーリア。

オフィーリアも俺と同じように五四一年の侵略災害を生き残った一人だ。

親しい人間を失う恐怖は、身に染《し》みている。

「安心しろよ。もう誰もいなくなったりしない。俺が絶対にそんなことさせない」

「……ありがと、クロノ」

気付けば女子寮の前。

オフィーリアは俺の肩から頭を上げ、俺に向き直る。

「おやすみ、クロノ。また明日ね」

「あぁ、おやすみ」

寮へと入っていくオフィーリアを見届け、俺も帰路についた。

――そうだ。俺はこれ以上侵略災害《しんりゃくさいがい》のような悲劇を起こさないために、誰も失わないために騎士を目指しているのだ。〈龍《りゅう》〉の力でシャーロットとアレックスを救い、オフィーリアと話したことで、改めて思った。

――しかし、それを阻《はば》もうとする奴がいる。

俺はローブのポケットを探り、極小のそれを取り出す。

――調教器《チューナー》。

現代人では創り出せない、侵略種《しんりゃくしゅ》を操るという未来の超技術。

結局、今日の出動で未来人が尻尾を出すことはなかったし、侵略種の動きがいつもと違ったと話す騎士もいなかった。つまり、この調教器《チューナー》は俺を狙うために仕掛けられたものだ。

正体も目的も分からない。

だが、日頃から俺を監視し、ブレードに細工をして、未来を変えようとしているのは間違いない。

「せめて目の前に現れてくれれば、できることもあるんだがなぁ……」

「――こんばんは」

不気味な声が、背中から浴びせられる。

「誰だ⁉」

俺は咄嗟《とっさ》に振り向いた。話しかけられるまで、後方に誰かがいるなんて思いもしなかったからだ。

そこにいたのは、黒い仮面で顔を隠し、黒い外套《がいとう》を纏《まと》った何者か。

月明かりに照らされていなければ、視認すら難しい。

認識妨害の魔術でも行使しているのか、よく見ようとするほど、輪郭がぼやけていくのを感じる。

「よう、こんなところで奇遇だな……」

俺はゆっくりと、腰のブレードに手を回す。

当然知り合いではない。ブレードを摑《つか》むまでの時間を稼ぐため、適当に言っただけだ。

仮面の存在は返事をせず、自らの影に手を入れると、中から短刀をすくい上げた。

いや、ただの短刀ではない。紫色の刃が形成されているそれは、超小型のブレードだ。

「手合わせを願います」

仮面の存在が構えをとる。

「断ったって襲ってくるんだろ？」

俺はブレードに魔力を流し、黒色の刃を形成。その次の瞬間、仮面は既に駆けだしており、ブレードの切っ先を向けて飛びかかってくる。

「っ……！」

月光で煌《きら》めく刃を、咄嗟にブレードで受ける。

速い。一瞬でも遅れていたら肉を抉《えぐ》られていた。

俺がブレードを振り払うと、仮面の存在は後方へ飛び退く。

影に干渉する魔術。

現代では再現できないであろう小型のブレード。

そして、敵意。

これらの材料からして、目の前の存在は明らかに未来人だ。

「使うしかないか……」

まだ魔力は回復していない。

対抗するなら《心枢《バストリリースト》》の行使は不可欠。

しかし、〈龍〉の力は次元外魔力を放つため、他に侵略種がいる戦場ならともかく、こんな騎士団のど真ん中で使えば間違いなく感知される。

ここで殺されては意味がない。……だが、仮面の行動には、妙な違和感を覚える。

何故《なぜ》、わざわざ俺の前に姿を見せた？

何故、不意打ちで殺さなかった？

疑問が思考を巡る中、金色の髪と黒色のローブが視界に入ったのはその時だった。

「──シャーロット・ルナテイカー、推参」

「シャーロットっ！」

俺と仮面の間に、シャーロットが割って入る。

「遅くなり申し訳ございません、クロノ様。……ちなみに、先ほどの台詞《せりふ》は『レジェンドオブフロンティア』でクロノ様が登場するときの台詞で──」

いつものように余計なことを語る、シャーロット。

その時、向かい風が吹き、彼女のローブがなびく。

と、何故か彼女の黒色の下着ときめ細かい肌が月光の下に晒《さら》されて──

「な、なんで半裸で来てんだ、お前⁉」

「ひやっ！　み、見ないでください！　お風呂《ふろ》に入っていたので着替える余裕がなかったのです！」

慌ててローブにくるまるシャーロット。

頬を赤くして、むず痒《がゆ》そうに唇をうねらせる。

「……ち、ちなみに今の下着はクロノ様をモチーフに作られたものですよ」

「俺、未来で下着になってんのッ⁉」

今まで聞いた未来の情報で一番衝撃的だ！

ドンッ！　と足音を響かせる仮面の存在。

表情こそ見えないが先ほどより苛立《いらだ》っているのを感じる。……こんなやり取り見せられれば当然か。

シャーロットはくるまれたローブから右腕とブレードを出し、金色の刃を顕現させる。

「ここは私にお任せを。私、シャーロット・ルナテイカーの活躍、しかとご覧ください。あっ、いや……やっぱり恥ずかしいので、あまり見ないでください……」

堂々と宣言したにもかかわらず、言葉尻がしぼんでいく。

そんな彼女に構うことなく、仮面の存在は、シャーロットへと飛びかかった。俺の時よりも一段と素早い。

今にも刃が刺さりそうな状況にもかかわらず、シャーロットは自身を落ち着かせるように息を吐き、瞼《まぶた》を閉じた。

ブレード同士がぶつかり、辺りに走る衝撃。

「速い……な」

仮面の初撃を難なく受け止めたシャーロットが呟き、目を開く。

その真剣な表情はクロノ・シックザードのオタクではなく、未来の女騎士そのものだ。

「……だが、私の敵ではない！」

シャーロットがブレードを振り抜き、刃がぶつかり合う。

一見、シャーロットが一方的に攻め立てているようだ。……が、仮面の者はブレードのリーチという不利を背負いながらも、隙を見てシャーロットに反撃を繰り出している。身のこなしだけならば、仮面の方が上手と言えるだろう。

「貴様……、何者だ？」

「……」

攻防の中でシャーロットが仮面に問う。しかし、仮面の者は返事をしない。

「どの時代から来た？　ブレードからして、私の時代と大差はないな？」

「……」

「何故クロノ様を狙う？　クロノ様が貴様に何かしたというのか？」

シャーロットからの問いかけ。その問いに、仮面の動きが一瞬だけ鈍った。

「──してくれましたよ」

仮面の奥から聞こえる声。

「クロノ・シックザード様は……、私を人間にしてくれましたっ！」

「っ！」

仮面から放たれる気迫にシャーロットは、後方へ下がろうとする。

が、仮面の影から伸びた無数の黒い腕が、シャーロットの足を摑んだ。

「なっ……。──《煌めけ星閃《ステラルーチ》》」

咄嗟に詠唱端末を起動させようとするシャーロット。

……だが、魔術名を宣言することはなかった。シャーロットの声が端末を起動するより先に、彼女の口を影から伸びた手が塞いだからだ。

身体《からだ》と口を拘束された、完全に詰みの状態。

だが、仮面は止まろうとしない。紫色の刃をシャーロットへと向け──

「──そこまでにしとけよ」

俺に腕を摑まれた。

その場が静寂に包まれる。

束縛されたシャーロットと、それにブレードを向ける仮面の存在。

そして、二人の間に入って攻防を止めた俺。

「……いつから気付いてました？」

静寂を破ったのは仮面の存在。俺に腕を掴まれたまま、抵抗することなく問いかける。

「違和感は最初からあった」

仮面の目的が俺を殺すことならば、話しかけずに暗殺してしまえばいい。

生け捕りが目的ならば、シャーロットにしたように影で束縛すればいい。

「でも何より、お前の攻撃からは殺意が感じられなかった。――最後の一撃以外はな」

「……流石《さすが》ですね」

仮面の奥から笑いが聞こえ、シャーロットを影の束縛から解放した。

「ちょっと待ってください⁉ それつまり、私は殺す気だったたってことでは？」

唯一状況を理解していないシャーロットが喚《わめ》く。

戦っていた当事者には分かりにくいだろう。俺も傍《そば》から仮面の動きを見て、やっと納得できた。

だが、分からないことはまだある。――この仮面の正体だ。

「クロノ様の言うように、最初から危害を加える気はありませんでしたよ。ただ、確認したいことがあっただけです」

そう言って、何者かは自らの仮面を外し、外套を脱ぐ。

後ろで纏められた瑠璃色の髪と、小柄な体躯《たいく》はあまりにも見覚えがあって——。

「——奇遇ですね、クロノ先輩」

まるで、俺の挨拶に返事でもするかのように、アイ・アルクヴェーディアは微笑《ほほえ》んでみせた。

＊

「改めまして、境界騎士団《きょうかいきしだん》対教団特殊部隊所属のアイ・アルクヴェーディアです」

シャーロットの部屋で、正座をしたアイが語る。

その声はいつものように甘ったるくはなく、表情も落ち着いていた。

髪も普段と違って後ろで纏められているため、まるで別人のようだ。

なお、シャーロットの部屋は入居してからまだ一日しか経《た》っていないにもかかわらず、サイン本と俺とのツーショット写真が飾られているのはもちろん、写真を印刷したポスター、クッション、ベッドシーツまで作られていた。

俺自身と写真を合わせて、この部屋に五人もクロノがいるわけで、自分の顔ってこんなのだっけ……？　と違和感を覚え始めた。

「事の発端は、魔術暦《まじゅつれき》七五五年の六月六日。私は任務で侵略種教団《しんりゃくしゅきょうだん》のアジトに潜入をしていました。……教団信者が魔術儀式を執り行う、と情報が入ったからです」

「侵略種教団ってたしか、調教器《チューナー》の……？」

「はい。侵略種《しんりゃくしゅ》を神の遣いだと信仰し、異世界の技術を得るためならどんなことでもする組織です。……ちょうど、この魔術暦五五五年頃に設立されたそうで、未来のクロノ様とも敵対関係にありました」

俺の問いかけにシャーロットが補足する。

つまり、未来の騎士団は侵略種だけでなく、侵略種を信仰する集団とも敵対しているということか。

もしこの時代から設立されているのなら、未来ではかなり息の長い組織だ。

「私の任務は儀式を阻止すること。……だったのですが、恥ずかしながらそれに失敗しまして……」

「で、気付いたらこの時代にか？」

「はい、だいたい三ヶ月前の魔術暦五五四年の十二月十日のことです」

コクンと頷《うなず》く、アイ。

「じゃあ、後輩っていうのは……」

「騎士団へ潜入するためにつくった仮の身分です」

「あの喋《しゃべ》り方も？」

「潜入の一環です。……騙《だま》していて、申し訳ございませんでした」

アイは正座をしたまま頭を下げる。

彼女が俺の前に現れるようになったのも十二月頃だった気がするし、嘘《うそ》は言ってなさそうだ。

「――信じられないな」

だが、シャーロットは腕を組み、頰を少し膨らませてアイを睨《にら》んでいた。流石に下着姿のまま、とはいかないので肌着を着ていたが、何故か（俺の）ローブは着たままである。

「私の発言に不審な点がありましたか？」

アイは視線を鋭くし、圧のある声色で返す。

「ああ、むしろ不審な点しかない！　まずは所属についてだ。対教団特殊部隊だと？　私も同時代の境界騎士団に所属しているし、教団がどんな組織かもよく知っている。が、そんな部隊は聞いたこともない！」

「存在自体極秘の部隊ですから、貴女如《あなたごと》きが知らないのも当然です。主に侵略種教団への潜入、情報収集、破壊工作を目的とした部隊です。メンバーは幼少期から隔離された環境で訓練されていますから、世間と触れ合う機会は一切ありません」

「なっ、なんだその、中学生がノートに書いて悦に入ってそうな設定は！」

「設定も何も、事実ですから」

「くっ……！　では、何故《なぜ》クロノ様と私を襲ったのだ⁉　何故三ヶ月も経って今更正体を明かした？」

「そ、それは……」

一瞬前まで堂々としていたアイが口を閉じる。視線が揺れ、徐々に顔が赤くなっていく。

「――私も、クロノ様が好きなので……」

チラリと俺の顔を見上げるアイ。

その上目遣いと突然の告白に、ドキリと心臓が揺れる。

「それまでは遠くで見守っていられれば、時々話せたりしたらよかったんです。でも貴女が傍にいるのを見て、我慢できなくて。模擬戦をしたって聞いて私もしたいって……」

ボソボソと、恥ずかしそうに呟《つぶや》くアイ。

彼女自身も自分の感情に戸惑っているのか、どんどん声が小さくなっていた。

「じゃあアイも、未来で俺がモチーフの作品を……？」

アイは顔を赤くして頷く。

思えば、アイは毎日欠かさず俺の前に来ていた。本来はそれで満足できていたが、シャーロットが現れたことで、欲望を抑えられなくなったのだろう。

「うっ……、なるほど……。そんな理由があったとは……！」

「……なんでシャーロットまで涙ぐんでるんだ？」

何故か貰《もら》い泣《な》きをしているシャーロットはアイに詰め寄り、彼女の手を両手で包み込む。

「クロノ様好きに悪い奴《やつ》はいない。君を信用しよう」

そんな判断基準でいいのか……？

「そして、これからは二人で悪意ある未来人からクロノ様とその未来を守って――」

「……何を言っているのですか、貴女は」

アイはシャーロットの手を振りほどき、彼女に軽蔑的な視線を向ける。

「今のは、クロノ様を襲った理由です。貴女を襲った理由は別にあります」

冷酷な声で、アイはシャーロットに言い放つ。

俺より明らかに言葉の圧が強い。

「あれは、貴女がクロノ様に相応《ふさわ》しいか試したのです。結果は残念なものでした。お風呂《ふろ》に入っていたから遅れた？　笑わせないでください。私なら一緒に入って、常にクロノ様をお守りします」

「そ、そんな、一緒にお風呂だなんて、薄い本くらいでしか許されていいはずがない！」

「落ち着けよ、シャーロット。喩《たと》え話だろ……」

……喩え話にしては、アイの目はガチな気がするが。

「極めつけは私に惨敗《ざんぱい》したことです。未来では隊長として活躍されていたようですが、あれでは私の足下にも及びません。かえってクロノ様を危険に晒《さら》します。というわけで――」

アイは俺の隣に詰め寄ると、右腕にギュッと絡《から》みつく。

柔らかい胸部と少し硬い肋骨が当たり、心拍が速くなる。

「これからは私一人でクロノ様をお守りするので、貴女は適当に観光でもして、適当に過ごしてください」

「……なんだと？」

まるで蚊でも払うように、手を振るアイ。

そんな彼女に、シャーロットは珍しく眉間にしわを寄せていた。

「好きに言わせておけば、私の実力を軽く見ているようだな、同担拒否娘《どうたんきょひ》。あの時は君を生け捕りにするため手加減をしていたのだ。本気を出せば結果は変わっていただろうな」

「詠唱端末を使っても結果は変わりませんよ。対人戦で私が負けることはありません」

互いに挑発し合う、一触即発の空気。

あと少しでも刺激があれば、この部屋が戦場と化してしまう。

「二人ともその辺にしといてくれよ」

見かねた俺は、二人を止める。

「まだ調教器《チューナー》を付けた未来人の正体も目的も分かってないんだ。仲間割れしてる場合じゃないだろ?」

「……むっ。クロノ様が言うのなら、ここは引きます」

シャーロットは肩の力を抜き、大きく息を吐く。

が、その瞳はまだ闘志に燃えていた。

「だが！　このまま優劣を付けないのはすっきりしない。アイ・アルクヴェーディア、君もクロノオタクを名乗るならば、クロノ様への愛で勝負をつけようじゃないか」

まるで果たし状でも叩《たた》きつけるように、シャーロットはアイを指す。

「クロノ・シックザードクイズバトルで勝負だ！」

「……なんだそのバトル」

「止めないでください、クロノ様。オタクという生き物は目と目が合ったら知識で優劣を決するものなのです」

あまりに主語がでかすぎる気がする……。

「いいでしょう。『黒乃伝《くろのでん》』全十八巻、計百九十万六千二百十七文字全て暗記している私に勝てるとでもお思いですか？」

「私はクロノ様が登場する作品なら全て履修しているし、全世界クロノ・シックザードクイズ大会が開催されたときのため、優勝スピーチまで考えているのだ。負ける要素がない」

互いにマウントを取り合う二人。

シャーロットに関してはもう凄《すご》いのかどうかも分からない。

アイも乗り気のようなので、これでお互いに満足するなら止める必要もないだろう。

「では、私からいかせてもらう。クロノ様が三番目に倒したレベルVの識別名は？」

「〈不死鳥《ふしちょう》〉です。小手調べにもなっていませんよ？」

シャーロットからの出題をアイが即答する。これを交互に繰り返して、先に間違えた方が負けということだろう。

「では、私ですね。――クロノ様が使ったブレードの中で、最も使用期間が長かったものの名前は？」

「三代目のブレード、〈玄我音《クロガネ》〉だ。ちなみに使用期間は五年と七ヶ月。——では、クロノ様の行きつけの定食屋の名前は⁉」

「らんまん亭です。——クロノ様の靴のサイズは？」

「二十七センチだ。なら身長と体重は⁉」

シャーロットとアイのクイズバトルは一瞬も途切れることなく続いていく。

問われる内容は俺すら知らないことばかりで、この二人は確実に俺よりクロノ・シックザードについて詳しいだろう。……これ、勝負つくのか？

「——では、クロノ様には、ご自身では絶対に見えない位置にほくろがあります。その場所は？」

「なっ⁉」

クイズのやり取りが百を超えた頃、初めてシャーロットがうろたえる。

「問題が不成立だ。そんな情報、どの歴史書にも公式ガイドブックにも載っていない！」

「ええ、載っていないでしょう。これは私がこの三ヶ月間、クロノ様の後輩として過ごして得た知識ですから。……まさか、本物のクロノ様はクイズの対象にならない、なんて言いませんよね？」

「くっ！　——クロノ様！　彼女の言うことは本当ですか？　本当に見えない位置にほく

があるのですか⁉」

「見えないんだから、俺が知るわけないだろ⁉」

「そ、そうでした……。──考える時間をもらうぞ、アルクヴェーディア！」

シャーロットは顎に手をやり、必死の形相で思考している。

まさか彼女の脳みそも、俺のほくろがどこにあるか考えるなんて、想定していなかっただろう。

「クロノ様から見えないということは自《おの》ずと背中側。……いや、こんな考え方では駄目だ！　どこにあるべきか考えろ、クロノ様はどこにほくろがあるべきか、シミュレーションしろ。──『え、クロノ様の背中を流させてもらえるのですか？』『あぁ、頼むシャーロット』『で、では、失礼し──』」

何故か、一人でブツブツと劇を開始するシャーロット。あまりに不思議な光景過ぎて、俺は隣にいるアイを見る。

「……シャーロットは何をしているんだ？」

「脳内にいるクロノ様と対話しているのでしょう。私もよくやります」

「あっ、アイもやるんだ」

当然というべきか、アイもシャーロット側の人間だった。

「──『クロノ様、こんなところにほくろがあるのですね』『えっ、そうなのか？　知らなかった。流石《さすが》シャーロットだな』『当然です。私はクロノ様のことなら何でも知っていますから』『完。　あとがき　ここまで読んでいただきありがとうございました。少しでも気に──』」

「……あとがきは必要ないのでは？」

「はっ！　すまない、のめり込んでいた。しかし、はっきりと見えた。答えは、右肩の付け根の辺りだ！」

まるで見てきたかのように、堂々と回答をするシャーロット。

無言の中で、シャーロットとアイの視線が交わる。

こんなしょうもない問題なのに、世界の命運がかかっているかのような緊張感だった。

「──ハズレです」

「くぅうっ！　私としたことがっ……！」

悲痛な声を上げて、シャーロットは崩れ落ちる。

「なら、正解はどこだというのだ！」

「……内緒です。私とクロノ様だけの秘密にした方が優越感がありますから」

ニヤリと悪戯《いたずら》っぽく微笑《ほほえ》むアイ。

俺も知らないから、アイだけの秘密になるのだが、指摘するのも面倒なので静観することにした。

「そ、そんなこと納得できるかっ！　――クロノ様、確かめさせていただけますか？」

「確かめさせるかっ！」

這《は》い寄《よ》ってくるシャーロットを手で拒んでいると、コンコンと誰かが部屋をノックした。

「シャーロットちゃんいるー？　一緒にお風呂行かなーい？」

オフィーリアの声だ。

時計を見れば、女性が大浴場を使える時間となっていた。

「……ど、どうしましょう、クロノ様」

シャーロットが困り顔で聞いてくる。

気付くと、隣にいたはずのアイは既に姿を消していた。特殊部隊にいたということもあり、隠密《おんみつ》は得意のようだ。

「アイもどこか行ったみたいだし、一旦解散にするか」

「分かりました。……しかし」

シャーロットが扉へ視線を向ける。

オフィーリアと大浴場へ行くか迷っているのだろうか。

「行ってきたらいいんじゃないか？」

「しかし、また私がいない間に、クロノ様が襲われるかもと思うと……」

どうやらシャーロットは、アイに言われたことを気にしているらしい。

俯《うつむ》くシャーロットの頭を、俺はポンポンと撫《な》でた。

「気にするなよ。お前が来てくれただけで十分嬉《うれ》しかったし、凄く助かったから」

「クロノ様……！」

神々《こうごう》しいものでも見るかのように、表情を明るくするシャーロット。

「ありがとうございます。今撫でていただいたところは二度と洗いません！」

「……大浴場で、オフィーリアにしっかり洗ってもらえ？」


シャーロット・ルナテイカー　～魔術暦《まじゅつれき》555年　3月　5日　20時　33分～


騎士団の大浴場は、二百年後と遜色ないものだった。

巨大な湯船。琥珀《こはく》色のタイルは掃除が行き届いているようで、清潔感がある。

「んっ……！　はぁ……」

浴槽に浸《つ》かったオフィーリアは、私の隣で大きく伸びをする。灰色の髪を頭の上でまとめており、巨大な胸の膨らみがお湯に浮いている……。

「あれ、シャーロットちゃん、こういう大《お》っきいお風呂《ふろ》は初めて？」

「いや、まぁ……。あまり慣れていなくてね……」

「そっかぁ……。慣れてないのに誘ってごめんね……。緊張しなくて大丈夫だからね？」

縮こまっていた私を、オフィーリアが心配げに見つめる。

大きなお風呂に入るのはこれで二度目だ。

一度目は大手のスーパー銭湯と『黒乃伝』がコラボしたとき。

クロノ様をモチーフにしたお風呂（お湯が黒いだけ）に興奮した私は、まるで胎児のように入り続け、六時間が経過した頃、熱中症で病院に搬送された。

クロノ様（概念）に包まれていたあの六時間は至福のときだったが、コンテンツに迷惑をかけるのは良くないので、それ以降大浴場は避けている。

それは根本的な解決になっていないよ！　と言う友人もいたが、何を言っているのかよく分からない。

というわけで大浴場にはあまり慣れていないのだ。

アニメや漫画だと、こういった風呂場では女子たちが『あれ、また大きくなったんじゃないの？』『も、もう、やめてよ～』とイチャイチャモミモミするのが定番だが、今のところそんなことをしている人はいない。

……きっと、隔週の土曜とか決まった日程で行われているのだろう。恥をかかないよう、それまでに基本的な作法を学んでおこう。

——しかし、私が緊張しているのは、慣れない大浴場だけが理由ではない。

アイ・アルクヴェーディア。

あの瑠璃色の髪と、クロノ様の右腕に絡《から》みついたときの彼女の肉体、クイズバトルで見せた勝ち誇ったような笑み。それが頭から離れない。

過剰に言えば殺意、控えめに言えば苛立《いらだ》ち。その間を上下しているような、不思議な感情だった。

「……おかしい」

眉間の寄った顔で、呟《つぶや》く。

私はこれまで、リアル、ネット問わず何千ものクロノオタク《同類》とやりとりをしてきた。その中には善意の塊のような人からマナーの悪い者までいたが、相手にこんな感情を持ったのは初めてだった。

「シャーロットちゃん、大丈夫……？」

よほど険しい顔をしていたのか、オフィーリアが不安げに顔を覗《のぞ》き込んで来る。

せっかくあのオフィーリア・オーフィングがお風呂に誘ってくれたのだ。このことは一旦考えないようにしよう。

「すまない、もう大丈夫だ」

「そっか、よかったぁ。――ねぇ、シャーロットちゃん。せっかく仲良くなれたんだし、シャーロットちゃんのこと、もっと教えてくれない？」

「あぁ、私のことならなんでも聞いてくれ」

こんなこともあろうかと、この時代でも違和感のない設定を考えてある。どんな質問が来ても、取り乱すことなく完璧に答えられ――

「シャーロットちゃんは、クロノが好きなの？」

「ぐべぇぇぇぇぇぇぇぇぇぇぇぇぇ」

図星に豪速球を投げられ、声を上げながら湯船に倒れてしまう。

な、なぜそんなクリティカルな質問が来る!?

私の挙動にクロノオタクだと察せられる要素はなかったはずだ。

まさか、調教器《チューナー》を仕掛けた未来人が根も葉もある噂《うわさ》を吹聴しているのだろうか!?

私は冷静を装《よそお》ってお湯から顔を出す。

「どどど、どうしてそう思うのかな？」

「自己紹介で告白したって皆から聞いたから。そうなのかなって」

……完全に身から出た錆《さび》だった。

そして、かなり誇張が入って噂が広まっているのも理解した。

「ま、まぁ、好きの定義によるというか……」

オタクはすぐ定義とか言う。

「じゃあ、嫌いなの？」

「いや、決してそういうわけでは」

「私は好きだよ？」

「うっ……、純粋っ……！」

まるで当然のことであるかのように、笑顔で言ってのけるオフィーリア。あまりの眩《まぶ》しさに目が潰れそうだ。

しかし、オフィーリアの言う「好き」は、これまで一緒に過ごした家族としてのもので、私の中にある「好き」とは違ったものだろう。

――いや、そもそも私の好きとはなんだ？

この時代に来るまで私は特定の作品のクロノ様ではなく、クロノ・シックザードという概念を愛していた。

しかし、今はどうなのだろう？

この時代に来て、本物のクロノ様と出会った。

話をして、ローブをもらい、写真を撮った。

そして、クロノ様の持つ〈龍《りゅう》〉の力も目《ま》の当《あ》たりにした。

あの時、クロノ様の言ってくれた、ありがとうという言葉と、頬に触れてくれた感触は今も私に刻まれて、残っている……。

「だ、大丈夫？　シャーロットちゃん……」

オフィーリアに心配されて、現実に意識が戻される。

聞かれているのだから答えないといけない。

「……好きだ、私も」

……まだ自分の感情を理解できていない。

しかし、好きと答えるのは、絶対に間違いではない。

「わ〜、やっぱりそうなんだ」

オフィーリアは嬉しそうに両手を合わせる。

彼女の反応を見るに、友人としてクロノ様を好きだと思ってくれたのだろう。

「かっこいいよね！　今は少し落ち着いてきたけど、昔はもっと堂々としてたんだよ！」

「い、今よりも堂々と……!?」

「うん！　まだ孤児院に入ってすぐの頃、泣いてる私をいつも最初に見つけてくれたし、励ましてくれたんだ。俺が絶対オフィーリアを守るから安心しろよ、って」

キリッと視線を鋭くしてみせるオフィーリア。

きっと当時のクロノ様を真似《まね》しているのだろう。その光景は是非とも生で見たかったし、できるなら録画もしたかったが、もう叶《かな》わぬ夢だ。

「でね、それでね！」

幼い頃のクロノについて、オフィーリアは楽しそうに語る。

彼女が話すのは、私が創作物や歴史書から得たものとは違う生の情報である。オタクにとってまさしく金言で、興奮で取り乱さないようにするのがやっとだ……！

私もクロノ様について語るときはこんな感じなのだろうか？　……いや、私のようなオタクと、実際にクロノ様と過ごしてきた彼女を比べるのはあまりに失礼な気がする。

「く、クロノ君について詳しいのだね」

「そりゃあ、そうだよ！　なんてったって十年以上一緒にいるんだから。一緒にお風呂も入ってたんだよ？」

「い、いイイい、一緒にお風呂も!?」

「え、あ、うん。流石《さすが》に今は入ってないよ？」

「で、では、クロノさm……じゃなくてクロノ君の背中にほくろがあるという話は本当だろうか⁉」

「ほくろ……？　あー、たしか、首の付け根辺りにあったかな？」

「首の付け根かぁ……」

正直、右肩か首の二択で迷っていた。

……たしかに、もし街頭で百人に質問したら、首の付け根派が僅差で勝ることだろう。

私としたことが、判断を誤ってしまった。

いや、自分は何を聞いているんだ？　お風呂の話題が衝撃的すぎてつい聞いてしまった。

「昔おんぶしてもらった時に、よく押して遊んでた気がするんだよねー」

「おんぶまでっ⁉」

小さな背中でオフィーリアを背負うクロノ様の姿が容易に想像できてしまった。

おんぶなんて私もされたいし、したいし、その光景を傍《そば》から見てもいたい。ああ、どうにか三人に分身しなければ……！

これが幼少期から一緒にいたというアドバンテージか……。二百年後の世界でニヤニヤオタクをしていただけの私には到底得られない経験だ。

「シャーロットちゃん、大丈夫？　さっきから顔真っ赤だけど、のぼせちゃった？」

「あ、あぁ。そうかもしれない……。もう出ることにするよ」

オフィーリアに心配されながら更衣室へ戻る。

実際のところは、クロノ様とのエピソードに興奮していただけなのだが、どちらにしろこれ以上は耐えられそうにない。

「私ばっかり話してごめんね。今度はシャーロットちゃんの話聞かせてね？」

「い、いや、クロノ君の貴重な話が聞けてとてもありがたかったよ」

タオルで身体《からだ》を拭きながら、冷静な思考を取り戻していく。

私がアイに負の感情を抱いたのは、きっと、私のクロノ様への感情が変わったからだ。

対人戦に関しては、悔しいがアイは私より上手。

クロノ様の知識については、ま、まぁ、負けを認めるつもりはないが、私より詳しいこともあるようだ。負けを認めるつもりはないが！

このままでは、クロノ様の専属騎士としての立場が危ない……！

私も役に立つのだと、クロノ様に示さなければならない。

「わぁ、シャーロットちゃん、大人っぽい下着着けてるんだね……！」

「あぁ、これかい？」

先ほどクロノ様にも見られてしまったが、私が着けているのは、『黒乃伝《くろのでん》』とランジェリーメーカーがコラボしたときのものだ。黒を基調としたブラには、クロノ様の双眸《そうぼう》をイメージした紅《あか》いラメが中心に付いており、ゴージャスな仕様となっている。

当然私は発売日に買ったが、紅いラメが昆虫の眼状紋《がんじょうもん》みたいだと、すこぶる評判が悪かったらしく、次の月には半額になっていた。……という話をしたいが、言えるはずもないので、黙っておく。

「昔、お小遣いを貯《た》めて買ったんだ」

『こんな馬鹿なものを買わせるための小遣いじゃありません！』と母親に泣いて怒られたのが懐《なつ》かしい。

「いいなぁ、私も一枚くらいそういうの買おうかなぁ」

オフィーリアは落ち着いた下着に収まった胸を両手で持ち上げる。

オフィーリアのもので華美な下着なんて着けたら、それはもう……、言葉にしにくいが、反則なのではないだろうか……!?

「シャーロットちゃん、明日はお休みなの？」

「あ、あぁ。休日と聞いているよ」

「いいなー。私なんて今日皆が倒した侵略種《しんりゃくしゅ》の解析で、お仕事だよー」

オフィーリアは服を着ながら口をとがらせる。

「でも、クロノが倒したっていう鳥型の侵略種を解析できるみたいだから楽しみ。見たかったなぁ、クロノが活躍するとこ」

「いやぁ、もうホントに最高でぇ、クロノ様がブレードで炎を切り伏せるところなんて、あっ、神……ってなるっていうか……」と限界な語彙力で熱弁したかったが、そもそも私は出動していないことになっているので、それはできない。

「お休みなら、何か予定はあるの？」

「うっ……」

オタクが聞かれて困る質問ランキングで毎年上位に居座っている『休みの日は何をしてるの？』が来てしまった……。

いつも十三時頃に起きて、録画したアニメを消化しながらソシャゲとSNSをポチポチしていたら日付が変わっていますねー笑。とは口が裂けても言えない。

「まだこっちに越してきたばかりで、何をしたらいいかよく分からなくてね」

別に嘘《うそ》は言っていない。

「なら、クロノに街を案内してもらったら？」

「なっ……！」

オフィーリアが何気なく言ったそれは、私にとって雷が落ちたような衝撃だった。

「そ、それはつまり要約すると、クロノ君を誘って！　出かけて！　案内してもらって！　脳に思い出を刻んでもらったらどうか、と提案しているのか⁉」

「う、うん。要約どころか長くなってるけどね……」

「そんなことをしたら何かの罪に問われないだろうか……⁉」

「問われないんじゃないかなぁ……。多分クロノも暇だろうしさ。きっとシャーロットちゃんみたいに可愛《かわい》い子から誘われたら嬉《うれ》しいと思うよ」

う、嬉しいのだろうか……？

学生時代から今日に至るまで、プライベートで異性と交流する機会など皆無に等しかったし、どちらかというと教室の隅でそういった連中に怯《おび》えながら、同族（オタク友達）と漫画の回し読みをして、リレー形式で小説を書いていた身分だ。クロノ様を誘ってどう思われるかなんて想像できない。

「いや、そうか……。調教器《チューナー》から辿《たど》れば……」

「ん？　どうかした？」

「いや、何でもないよ。少し、良いことを思いついた」

オフィーリアからの提案で、思いがけないアイデアが浮かんだ。

これならば、私もクロノ様の役に立つことができる……！

クロノ・シックザード　～魔術暦《まじゅつれき》555年　3月　5日　21時　10分～

シャーロットの部屋から戻り、自室で湯に浸《つ》かる。

「まさか、アイも未来から来てたなんてな……」

アイはこの時代に三ヶ月も前からいたらしい。

ということは、調教器《チューナー》の未来人もかなり前から現代に潜伏している可能性がある。

だとしたら、何故《なぜ》今になって侵略種に調教器《チューナー》を仕掛けて俺を襲わせたのだろう？

俺は息を吐き、風呂《ふろ》場から出た。

「おや、もう出てしまったのですか……。こちらタオルです」

「あぁ、ありがとな」

服を脱ぎかけていたアイからタオルを受け取り、髪を拭く。

「……いや、なんでいるんだよ」

あまりにも自然にいたからスルーしかけてしまった。

……もはや手遅れかもしれないが、タオルを腰に巻く。

「今日はお疲れかと思いまして、お背中をお流ししようかと」

「たしかに疲れてはいるが、そこまではしなくていい……」

「そうですか……、残念です」

脱ぎかけていた服を残念そうに戻すアイ。

ジトッとした目つきを見るに、本気で思っていそうだ。

もう少し出るのが遅かったら、どうなっていたのだろうか。……いや、考えるのはよそう。タオルだけでは心もとない。

「それで？　まさか背中流すために来たわけじゃないんだろ？」

寝衣に着替えながら、アイに問いかける。

「はい。今回は報告に来ました。……調教器《チューナー》を付けた未来人の件です」

調教器《チューナー》の言葉に、俺は眉をひそめた。

「調教器《チューナー》の未来人は、恐らく私と共に過去へ来た侵略種教団《しんりゃくしゅきょうだん》の人間でしょう。私はこれまでの三ヶ月、クロノ様を密《ひそ》かに護衛していましたが、明確な証拠を残したのは今回の調教器《チューナー》が初めてです」

たしかに、これまではブレードに細工をしたりと、間接的な方法で俺に干渉していた。

「つまり、その未来人は方法を変えてきたってことか。なんで今になって……」

「恐らくシャーロットさんが未来から来たと分かったからでしょう。歴史の知識があれば、あの方が異常分子だとすぐに気付くはずです。……現に私は気付きましたから」

……あれだけ目立っていれば、嫌でも未来人の目に留まるだろう。

「調教器《チューナー》の未来人にとってシャーロットさんは想定外の乱入者。何を企《たくら》んでいたかは不明ですが、計画を早めたのかと」

「じゃあ、今日の件は突発的なものだったのか……」

「あくまで憶測ですが、私はそう考えています。であるならば、調教器《チューナー》の未来人は近いうちにまた行動を起こすでしょう」

憶測でしかないが、筋は通っている。

「しばらくは落ち着けそうもないな」

「その点はご心配なさらず。今後も私が護衛として常にお側《そば》にいますので、クロノ様は安心してお休みください」

「そう言えば、最近感じてた視線は……」

「はい。全て、私がクロノ様を護衛していたときのものでしょう。隠密《おんみつ》状態の私に気付けるとは、流石《さすが》クロノ様です」

「たまに、トイレと風呂場でも視線を感じたんだが……？」

「……。……。……まぁその、……なんといいますか」

「その沈黙で何となく察した……」

「か、勘違いなさらないでください、クロノ様。どちらも両手で数えられる程度、それも直視はしていませんので！」

頬を赤くしながら口速に言い訳をする、アイ。

少なくとも五回以上は裸体を見られているようだ……。

「ま、まぁ、あんまり無理はしないでくれよ。俺だって自分の身は守れるから」

「いえ……、この位させてください。――私はクロノ様に人間にしてもらいましたから」

「人間にしてもらった……？」

そう言えばシャーロットとの戦闘中にそんなことを言っていた。

「……少し、昔話をしてもいいですか？」

アイは視線を下げる。

「先ほども少し触れましたが、私は生まれた時から特殊な環境にいたので、両親の顔は知りませんし、学校に行ったこともありません。毎日が死ぬか生きるかの訓練で、人間らしい生活を送っていませんでした」

淡々と語るアイ。

アイのいた対教団特殊部隊がどんな環境だったのか詳しくは分からない。しかし、彼女の話しぶりからして、過酷な人生を歩んできたのは容易に想像できた。

「でも、そんな私を変えてくれたのが、基地にあったボロボロの『黒乃伝《くろのでん》』なのです」

照れくさそうにアイが微笑《ほほえ》む。

「他に娯楽のなかった私は縋《すが》るように読みふけりました。そして、百九十万六千二百十七の文字とクロノ様の物語が私の人生に色を付けてくれました。

本来なら両親から受け取る愛情も、友人と分かち合う感動も、勇気も恐怖も憧憬も嫉妬も、人が持つべきもの全て、『黒乃伝』とクロノ様が与えてくれました。――だから、クロノ様が私を人間にしてくれたのです」

アイは俺に熱い視線を向ける。肩で息をし、顔は火照《ほて》っているように赤みを帯びていた。

「……すみません。少し自分語りが過ぎました」

自分を客観視したのか、アイは視線を逸《そ》らし、口元を手で隠す。

「こんなこと、今のクロノ様に言っても迷惑なのは理解しています。それでも、抑えられなくて……」

そんなアイに、俺は膝をついて目線を合わせる。

「でも、アイの気持ちは伝わったよ。ありがとう」

俺を題材にした作品があったからこそ、今の自分があるのだと、アイは言う。

今の俺がアイに何かしたわけじゃないし、お礼をするのが適切かも分からない。でも、想《おも》いを吐露した少女に野暮な正論を言う意味はない。

アイは落ち着くように深呼吸を繰り返し、冷静な面持ちで俺を見つめる。

「だから、私はクロノ様のためならどんなことだってしてします。誰かを殺《あや》めろと言われれば刃に、護《まも》れと言うなら盾になりましょう」

アイは、薄い笑みを浮かべると、俺の胸に手を当てる。

「試してみますか？　――私の狂信」

「えっ？」

尋ねるより早く、アイに押し倒された。

「おい、なにしてっ……！」

当然の疑問が口から出る。

が、腰の上に乗った適度な重みが、俺の思考を阻害した。

小柄な柔らかい肉体で腰にまたがったアイは、妖艶《ようえん》な笑みで俺に迫る。

「今の私がいるのはクロノ様のお陰です。クロノ様が望むなら、私はどんなことでもいたしますよ。――どうぞ、何なりとご命令を」

指を俺の胸に這《は》わせ、耳元で囁《ささや》くアイ。

こ、これはまずい……！

激動する心臓は、ドラムの如《ごと》く鳴り響き、俺に進軍を命じてくる。

だが……！　ここで欲望に身を任せたら失うものが多すぎる、気がする……！

それこそ、未来が変わってしまうのではないか……⁉

「な、なんでもいいのか？」

「はい。何なりとどうぞ」

「じゃあ、前みたいに俺を先輩って呼んでくれないか？」

「……はい？」

予想外の命令が来たのか、アイは首を傾《かし》げる。

「……私はクロノ様の本物の後輩ではないのですよ？」

「それは分かってるけど、アイからも様付けされるのは慣れなくてさ」

格好つけて笑みを作る。

これまで先輩呼びだった後輩から急に様で呼ばれるのはとてもやりにくい。

「未来で同じ組織に所属してたんなら、凄《すご》く広い範囲で見れば先輩と後輩だろ？　もちろん、アイが嫌なら様付けでもいいんだが……」

「いえ、決して嫌というわけではありませんが……」

先ほどまでの妖艶な表情は剝がれ、アイは戸惑った様子で視線を行ったり来たりさせる。

「本当にいいのですか……？　私のような存在が後輩になって」

「いいも何も、アイは最初から俺の後輩だろ」

「っぅ……」

アイは顔を両手で覆うと、声にならない叫びを上げる。

「私を喜ばせるのが上手ですね、クロノ様……」

アイはとても小さな声で呟《つぶや》き、後ろで結んでいた髪を解く。

「分かりましたよ、クロノ先輩っ！　これからも後輩としてよろしくおねがいします～」

見慣れた明るい笑顔と、聞き慣れた甘い声。落ち着いたアイも嫌いじゃないが、こっちの方がしっくりくる。……これで、俺の精神的安定は保たれることだろう。

「それでぇ、他にお願いはありますか～？」

「うーん、じゃあもう寝たいから退《ど》いてほしいな」

「えぇ～。添い寝くらいしてあげますよ～」

ぶーたれるアイを退かし、就寝の準備をする。

「そういえばクロノ先輩、シャーロット先輩が着てるローブって先輩のやつですよね？」

唐突に図星を刺されて、肩をビクリと震わせる。

「……よく分かったな」

「そりゃあ分かりますよ～。あと、さっき部屋で見ましたけど、シャーロット先輩の『黒乃伝』にサインしたんですかぁ？」

「……よく気付いたな」

「え～、いいなぁ。私後輩なのに何ももらってませんよ？」

ニヤニヤと笑いながら、俺を見つめるアイ。後輩という設定はこちらが持ち出した以上、とても断りにくい。

「……分かったよ。お前にもサインすればいいのか？」

「さすがクロノ先輩、話が早いですね～！」

シャーロットにだけして、アイにはなし、というのは不公平だし可哀想《かわいそう》だ。

これ以上渡せるローブはないが、サインくらいならいいだろう。そもそも、あのローブもあげた記憶はないのだが……。

「では、失礼しますね……」

「……待て。なんで脱ごうとしてるんだ？」

裾を持ち上げようとするアイを止める。

「私は未来の世界に本を置いてきてしまったので。身体《からだ》にしてもらおうかと」

「それは理由になってないだろ⁉」

「じゃあ、シャーロット先輩とはツーショットまで撮ったのに、後輩の私にはサインもしてくれないんですね……」

「うっ……」

痛い所を突かれた……、ような気がする。

「分かったよ……。もう好きにしろ！」

「ふふっ。ありがとうございます先輩」

アイは裾を持ち上げるようにして服を脱ぎ、色白の背中を露《あら》わにする。

「背中でいいのか？」

「前でもいいなら、そうしますけど？」

「……背中にさせていただきます」

俺はペンを手に取り、サインを書こうとする。

が、アイの背中に描かれたそれを見て、手が止まってしまった。——アイの背中には既に、学者が緻密な計算をして描いたような、幾何学模様が刻まれていたからだ。

「あぁ、気にせず上書きしてください」

「……これが、紋章ってやつか？」

「さすが先輩。知っていましたか……」

アイの声が落ち着いたものに変わる。

紋章については、オフィーリアが話していたのを聞いたことがある。

たしか、図式化された詠唱文を身体に刻むことで詠唱の省略をする技術だ。

未《いま》だ解析中である異世界の魔術理論で、この世界で応用できるまで発展させるには、あと数十年はかかると言われている。

「私の背中には、影を操る魔術、《燻れろ紫影《オンブレナータ》》が、紋章として刻まれているんです」

「未来人は皆身体に刻んでるものなのか？」

「いえ、紋章術が流行《はや》ったのはもう百年以上前……、今から言うと百年後にあたる時代です。私がいた時代の主流は自動詠唱端末でした」

自嘲するようにアイは自らが背負った魔術理論を語る。

「しかし、詠唱端末は魔術の発動までのラグがありますから、紋章術の方が圧倒的に早いし、コントロールもしやすいんです。……まぁ、汎用性という面では劣りますけどね」

アイの言うとおり、未来では詠唱端末による魔術行使が主流なら、アイの紋章術は早さという面で大きく有利だ。対人戦で負けることはない、というのはそういった理由なのだろう。

「話が逸れましたね。──では、クロノ先輩。遠慮なくお願いしますね～」

「お、おう」

まさか人生で二回目のサインを、後輩の背中にするとは思わなかった。

俺は恐る恐るペン先をアイの背中に付ける。

「ひっ……」

「おい、変な声出すなよ……。変なことしてるみたいだろ」

……いや、これは相当変なことか。

俺は心を無にしながらアイの背中にペンを這わせ、紋章を上書きするように自らの名前を書いていく。

「あっ……。んっ……」

ペンが動く度に、嬌声《きょうせい》を漏らし、ビクビクと身体を震わせるアイ。

……こいつ、俺をからかってわざとやってるな。

「ほら、できたぞ」

「ありがとうございます～、クロノ先輩」

アイは鏡の前に立ち、背中に書かれたサインを艶っぽく見つめる。

「ふふっ。こんなに大きく名前を書かれたら、私がクロノ先輩の所有物みたいですね」

「恥ずかしい言い方するなよ……」

その時、コンコンッと部屋の扉をノックする音が響く。

「クロノ様、シャーロットです。……開けてもらえますか？」

「ちっ……」

突然の来客にアイは小さく舌打ちをした。

「では先輩、私はこれで失礼しますね～。これからもよろしくお願いします。……短い間かもしれませんが」

一礼をし、アイは影の中に沈んでいった。アイがいつも唐突に現れて去って行くのは、こうして影を媒介にして移動できるからなのだろう。

「ちょっと、待っててくれ」

アイがいなくなったのを確認すると、俺は自室の扉を開ける。

「あっ……、お休み中でしたか？」

不安げに首を傾げる、シャーロット。

普段は丁寧に編み込まれている髪は無防備に解かれており、頭から上がった湯気と、紅《あか》く染まった頰のせいで、いつもより扇情的に映った。

「い、いや、大丈夫だ。何かあったか？」

照れているのを悟られないよう、表情を強《こわ》ばらせる。

「ここだと誰が聞いているか分かりません。部屋に入れていただいても？」

「……あぁ、分かった」

人目を気にするということは、未来人に関することだろう。

シャーロットを部屋に招くと、彼女は心底落ち着いたように、大きく深呼吸をする。

「はぁぁぁ。やはりクロノ様のお部屋は落ち着きますね。……むっ？」

「どうした？」

深呼吸を繰り返していたシャーロットが、鼻をひくつかせる。

「いえ……、昨日とは少し違った匂いがしたので」

「お前の嗅覚は犬並みなのか……？」

「そ、そんな私を犬だなんて……！　急に罵倒プレイですか⁉」

「んなわけあるかい！」

まさか匂いだけで、先ほどまでアイがいたことに気付いたのだろうか？

そんな馬鹿なと思いつつ、シャーロットならありえそうだ。

「それで、俺の部屋の空気を吸いに来たんじゃないだろ？」

「……そうでした。クロノ様、調教器《チューナー》をお借りしてもいいですか？」

「あぁ、もちろん」

俺はローブのポケットから調教器《チューナー》を取り出し、シャーロットに渡す。

「――《魔術精製機能《クリエイト》》起動。オーダー、この装置の魔力をたどる魔術」

『音声認識完了。魔術を精製中……、精製完了。命名：《魔力探知魔術《フェルサーチャー》》。魔術式展開：

Δ＝@₱∈κ＝∧β∨∴/――』

機械音声が聞こえ、詠唱端末から円形の地図が表示される。

「これは……、なんだ？」

「言ってしまえば、ソナー探知機の魔力版です。調教器《チューナー》は固有の魔力を放ちますから、その魔力を辿《たど》れるようにしました」

「じゃあ、この《魔力探知魔術《フェルサーチャー》》を辿れば、調教器《チューナー》を作った未来人を見つけられるってことか⁉」

「その通りです！　……ですが、魔力を探知できる範囲は広くありません。騎士団の敷地や街中を歩き回って、調教器《チューナー》と同じ魔力を探す必要があります」

それでも、これまで未来人の行動を待つしかなかったのが、こちらから動けるようになったのは大きい。

「ありがとう、シャーロット。お陰で調教器《チューナー》の未来人を見つけられそうだ」

「いえ、そんな。専属騎士として当然です。——あの、それでですね、クロノ様……」

モジモジと自らの両手をいじりながら、ボソボソとシャーロットは呟《つぶや》く。

「この魔術は魔力を探知するために、歩き回らないといけなくて……。ご迷惑でなければ明日ご一緒させていただきたいな、って……」

「あ、あぁ。そもそもシャーロットがいないと、《魔力探知魔術《フェルサーチャー》》を使えないからな」

「いえクロノ様がお忙しいのは重々承知しているというか承知してるなら提案するな——え、ご一緒してもいいのですか⁉」

超早口だったシャーロットの表情がパァッと明るくなる。

「あぁ、よろしく頼む」

「しょ、承知しました！　このシャーロット・ルナテイカー、完璧なルートを用意いたします！　で、では、明日九時に正門でっ！」

満面の笑みで挨拶を済ませると、シャーロットは逃げ出すように部屋を出て行く。

一人になった自室で、俺は拳を握り締めた。

「待ってろよ、未来人。——次はこっちからだ」

正体も目的も分からない。だが、これ以上、俺の未来を好きにはさせない。

シャーロット・ルナテイカー　～魔術暦《まじゅつれき》555年　3月　5日　23時　58分～


「むむ……」

日付を跨《また》ごうという頃、私は腕を組んで頭を悩ませていた。

調教器《チューナー》から魔力を辿れると気付いたのは我ながら賢かった。

しかも、クロノ様と一緒に騎士団の敷地や街を歩けるというのだから最高だ。今日一番のファインプレーと呼べる。

――しかし、明日着ていく服が決まらない。

目的は未来人探しとは言え、男女が一緒に出かけること、それ即《すなわ》ちデートである。

ちゃんとした格好で行かなければ、隣にいるクロノ様に恥ずかしい思いをさせてしまう。

そもそも選択肢がなさすぎる。

私が今持っているのは、《解かれよ空間《ヴンダーカンマー》》の中に入れていた予備の服であり、それも、

『レジェンドオブフロンティア』のクロノ様が描かれたフルグラフィックTシャツ　黒
『レジェンドオブフロンティア』のクロノ様が描かれたフルグラフィックTシャツ　赤
高校のジャージ（部屋着）

の三点だ。……内二つは色違いなので実質二択である。

未来でも外で着にくいものを、この時代で着られるはずがない。しかも、モデルとなった当人が隣にいるのだから絶望的だ。

「……しかしクロノ様なら笑って受け入れてくれるのでは？」

サインをして、ツーショットも撮ってくれて、ローブまで貸してくれている、まさに女神のようなお方だ。……いや、仮にクロノ様が受け入れてくれたとしても、私が羞恥と興奮に耐えられないだろう。そもそも男だから女神じゃないし。

こんなことで悩むなら、もっと外出用の服を買っておくべきだったし、一度くらい異性と出かけておくべきだった……。

「――お悩みみたいですね～、シャーロット先輩」

咄嗟《とっさ》にブレードに手を伸ばす。唐突に媚《こ》びたような声が聞こえてきたからだ。

「……何故《なぜ》いる、アイ・アルクヴェーディア」

部屋に現れたアイを睨《にら》む。

話しかけられるまで存在に気付けなかった。やはり隠密《おんみつ》には優れているのだろう。

「落ち着いてくださいよ。喧嘩《けんか》を売りに来たわけじゃありませんから」

「では、なんの用だ。……というか、君は私を先輩呼びしていたか？」

「まぁまぁ、敬っているのだからいいじゃないですか～」

何故か勝ち誇ったように笑い、アイは誤魔化す。

「それで、今回は確認に来ました。シャーロット先輩が、クロノ先輩の未来についてどう考えているのか」

唐突に冷たい声色で言うアイ。答えを誤れば許さない、という殺気が滲《にじ》んでいる。

「この時代には、クロノ様の未来を壊そうとしている人間がいる。……私は、クロノ様が七体のレベルVを倒し、英雄となる未来を守るつもりだ」

「その考えはとても素晴らしいものです。――しかし、気付いているでしょう？　私たちが近くにいる方が、クロノ様の未来を変えてしまっていることに」

「なに……？」

「先輩なら知っていますよね。クロノ先輩とアレックスさんが本来いつ出会うはずか」

「それは……」

言葉を言《い》い淀《よど》む。

クロノ様とアレックスが初めて出会ったのは、二人が養成所を卒業し、正式配属された時だとされている。

同じ部隊になった二人はすぐに対立し、幾つもの死線を越えたことで無二の友人になったという。

今日の出来事でも、結果として二人の友情は芽生えただろう。

しかし、今の二人は正式配属されていない、騎士候補生だ。

本来の歴史より、数ヶ月時期が早まっている。

それを引き起こしたのは――

「私のせいかっ……！」

騎士団に入り、クロノ様を目立たせてしまった私自身だ。

――私のやったことは、調教器《チューナー》の未来人と何も変わらない。私自身も、クロノ様の未来を変えてしまっているのだ。

「私たち未来人は、この時代にいてはいけない異常分子です。いるだけで少なからずクロノ様の未来に影響を与えてしまいます。クロノ様の未来を守りたいというのなら、できるだけ、近くにいない方がいいのです……」

「それなら何故君は――」

後輩としてクロノ様に近づいたのか。そう聞こうとしたが、言えなかった。

「私も……、全てを合理的に考えられるわけではありませんから」

自嘲するようにアイは言う。

私も本物のクロノ様を前にして、欲望を抑えられなかった。私と同族である彼女も同じはずだ。

クロノ・シックザードの後輩、という位置はアイの欲望と理性がぶつかった結果なのだ。

「だから、私たちはクロノ様の近くにいない方がいいのです」

アイの瞳は寂しそうで、しかし強い意志がこもっていた。

「……君の言うとおりかもな」

私たち未来人がいれば、クロノ様の未来は変わる。

クロノ様の未来が変われば、レベルVを倒せなくなるかもしれない。

そうなれば、人類は滅亡。……いや、それ以上に私の愛したクロノの物語が、私たちのせいで変わってしまうなんて耐えられない。

「今この時代には、私たち二人以外に調教器《チューナー》を仕掛けた未来人がいるはずです。その方からクロノ様の未来を守ること。それが最優先事項。それが済んだら……」

「……言わなくても分かっている。私たちはクロノ様から離れるべき、だろう？」

「……はい」

アイは視線を落とし、口を閉じる。ローブを握り締める手には強い力がこもっていた。

「言いたいことは、以上です。……失礼しました」

視線を下げたまま、アイは影の中に消えていった。

再び一人となった部屋で、私は枕元に飾った『黒乃伝《くろのでん》』を手に取る。

表紙には、クロノ様と私の名前。

ページを捲《めく》れば、何百何千と見た物語と、登場人物の名前。

クロノ・シックザード、オフィーリア・オーフィング、アレックス・ベッドレイク……。

しかし、どれだけ探してもシャーロット・ルナテイカーの名前はない。アイ・アルクヴェーディアの名前もなければ、調教器《チューナー》の文字もない。

――私は、クロノ様の物語にいない存在だ。

――私の愛した物語が、今は私を拒絶している。

このままクロノ様の近くにいれば、クロノ様の未来は変わり、『黒乃伝』や他の創作物も生まれなくなるかもしれない。それだけは何よりも嫌だ。調教器《チューナー》の未来人を倒したら、私はクロノ様から離れるべきなのだろう。

けれど――

床に広がったTシャツ。そこに描かれているクロノ様の紅《あか》い双眸《そうぼう》と目が合う。

――離れる前に思い出が欲しい。

そう思うのはわがままだろうか？

第三章　聖地巡礼

アイ・アルクヴェーディア　～魔術暦755年　6月　6日　21時　54分～

『百万人に愛されるより、一人を愛せる人生の方が幸せです』

『黒乃伝』六巻の一一四ページ、三行目。

台詞《せりふ》の主はミルキー・キルマスという少女。

クロノ様の部隊に仮配属される二つ下の後輩で、人を揶揄《からか》うような態度が最初は鼻につくが、根は真面目で物語を通して大きく成長していく。

クロノ様を除けば、私が『黒乃伝』で一番好きなキャラクター、もとい歴史上の人物だ。

だから、任務の前は必ず『黒乃伝』の六巻を読むことにしている。

ミルキーの台詞が、暗に私の人生を肯定してくれているような気がして、もし私がクロノ様の後輩になれたら、と有り得ない妄想で緊張を紛らわせてくれるからだ。

「――さて」

読み終えたボロボロの本を閉じ、高層ビルの屋上で私は大きく息を吐いた。

今日の任務は侵略種教団《しんりゃくしゅきょうだん》内部への潜入と儀式の阻止。

情報によると、今日の真夜中に信者達が儀式を執り行い、大規模な魔術を行使しようとしているらしい。

首謀者はカラマ・シストルフィ。

調教器《チューナー》をはじめとした無数の技術、《叛逆せよ輪廻《ソウルインヴェイペル》》といった魂と肉体を分離させる魔術を開発した人物だ。

厄災王、近代魔術の父、魔女の弟子。彼の呼び名は無数にあり、その全てを足しても彼の凶悪さを表すには不十分だとされている。

魔術についての情報は得られなかったが、教団は侵略種《しんりゃくしゅ》から技術を得るためならば平気で人類を虐殺するような連中だ。まともな魔術であるはずがない。

私は屋上の縁に立ち、今晩儀式が行われる廃ビルを見下ろす。

ビルの屋上には見張りの信者が二人。

私は髪を後ろで纏《まと》めると、認識阻害の魔術がかかった仮面を付けて高層ビルから飛び立ち、魔力で強化した肉体で廃ビルの屋上に降り立つ。

「なっ……」

信者の一人が私に気付く。が、着地を許した時点で彼らに勝ち目はない。

「――《燻れろ紫影《オンブレナータ》》」

月光で照らされた私の影が伸び、信者二人の身体《からだ》と口を拘束する。

最近の魔術は詠唱端末で行使されるため、身体と口を止めてしまえば大抵無力化できる。

「じゃあ、静かにしててください」

影の中に引きずり込まれていく信者たち。

教団信者は騎士団が把握していない異世界の技術を保有している場合が多いため、可能なかぎり生け捕りにするよう命令されている。

私は屋上からビルの内部へ侵入し、儀式が行われる地下を目指す。

ビルの中は驚くほど静かで、信者とは一切遭遇しない。外の警備ばかり手厚くして、肝心の内部が疎《おろそ》かになってしまったのだろう。

「――《時の始まり　終末の果て》」

人の気配が感じられたのは、地下へと続く階段に差し掛かったときだ。

地下から信者達の詠唱する声が聞こえてくる。

声の重なり方からして、少なく見積もっても五人以上。

「ちっ……」

私は舌打ちをして、階段を下りる。

儀式の開始は日付が変わってからと聞いていたが、既に始まっているらしい。……情報に誤りがあったか。

階段を下りると、そこは建物の中にもかかわらず、広大な土地に植物が生い茂っており、森の奥深くに遭難してしまったかのような錯覚をしてしまう。儀式のために魔術で無理矢理空間を広げているのだ。

部屋の中心には白色のローブを纏った十三人の信者たち。

彼らは円を描くようにして集まっており、詠唱によって大地に紋章を描いていた。

──今すぐにでも止めなければ。

小型のブレードを懐《ふところ》から抜き、信者たちへ突っ込む。

が、背後に人の気配を感じたのはその時だった。

「《目録第二通《インデックスナンバー2》》──《黒縄《ラドロ》》」

背後から魔術名が囁《ささや》かれ、黒色で形成された縄が私を締め上げる。

「ッ！」

「妨害が入ることは想定していましたよ」

コツコツと足音を響かせて、一人の信者が私の隣に現れる。

仮面を付けているため顔は分からない。しかし、白色のローブに赤色のラインが入っているのは、教団幹部の証《あかし》だ。思い当たるのは一人しかいない。

「カラマ・シストルフィ……！」

「どうやら私を知っているようですね。せっかくここまで来てもらったのですから、貴女《あなた》にも歴史が刻まれる瞬間を見てもらいましょう」

「一体何をする気ですか……⁉」

「貴女も知っているでしょう？　教団設立の理念にもなった三つの魔術を」

――死者の蘇生《そせい》。

――時間の遡行《そこう》。

――異世界への転移。

この世界の魔術は不老不死を目指して創られたものであるため、他者や世界そのものへの干渉は難しい。中でもこれら三つの魔術は実現不可能とされている。

しかし、この世界に方法がなくても、他の世界にならあるかもしれない。

その考えのもと、三つの魔術をこの世界で実現させるために設立されたのが、侵略種教団だ。しかし、設立から二百年近く経《た》った現在でも、一つとして実現はされておらず、今では平和を乱すテロ組織だ。

「私は、その内の一つである時間遡行の魔術、《逆巻け不可逆《アンチクロックワイズ》》を完成させようとしているのです」

「時間遡行なんて……。そんなことできるはずが──」

「それを決めるのは貴女ではありません。私です」

私の声をきっぱりと遮るカラマ。

もはや何を言ったところで、彼の耳には届かないのだ。

「カラマ様。準備が完了しました」

「ご苦労様です。では、始めましょう」

紋章を描き終わった信者から報告を受け、カラマは部屋の中央へと闊歩《かっぽ》していく。

「──《円環の主よ　時を刻む者よ》」

紋章の中心で詠唱を開始するカラマ。

大地に描かれた紋章に魔力が流されていき、禍々《まがまが》しい紫の光を放つ。

空間に満たされる高濃度の魔力。これだけの魔力を集めるのにどれだけの人間が犠牲にされたのか想像もできない。

このままでは魔術が完成してしまう。

──それだけは命を懸けてでも阻止しなければ。

「《心枢第一層《パストリリースト》》──《織巧解放《アスト》》……！」
現代ではほとんど使われない、骨董品《こっとう》の魔術を行使し、一時的に魔力を増強。
溢《あふ》れ出《で》た魔力によって理想界《イデア》を構築し、拘束を解く。
「させないっ！」
《燻れろ紫影《オンブレナータ》》で辺りの信者を拘束し、カラマへと疾駆する。
仮面でカラマの表情は見えないが、きっと驚愕《きょうがく》に歪《ゆが》んでいることだろう。
詠唱中ならば私の攻撃を防ぐことはできない。
「っ！　──《夜の底より這《は》い来たりて　円環よ逆巻け》！」
カラマが叫んだ瞬間、視界が紫色の光に包まれる。
何をされた……？
詠唱を中断して、別の魔術を行使されたか……？
いや、違う。カラマは詠唱を省略して、無理矢理《逆巻け不可逆《アンチクロックワイズ》》を行使したのだ。
それを理解した瞬間、空間が捻じ曲がり、私の肉体が徐々に溶けていった。
──死。
その一文字が思考を染める。これで終わりなのだと身体が実感する。
死が迫った生物は、記憶が頭を巡るという。

私の人生はとても空虚なものだった。

あったのは過酷な訓練と任務だけで、友人もいなければ、両親に会ったこともない。

だが、頭に過るのは、実際には経験していないクロノ様との思い出ばかりで、

――私の人生は素晴らしいものだったと確信させてくれた。

それが、この時代での最後の感覚で……。


シャーロット・ルナテイカー　～魔術暦《まじゅつれき》555年　3月　6日　7時　58分～


寮の廊下を重い足取りで歩く。窓から射《さ》す朝日が身体に染《し》みる。

アイが去ってから色々と準備をしていたら、気付いたときには夜が明けていた。……もうこんな機会ないかもしれない、と思うと張り切ってしまったのだ。

クロノ様との集合時間は九時。それまでに準備をしないといけない。

洗面所に着くと、灰色の髪が目に留まった。

「あっ、シャーロットちゃんおはよ～。ぶふっ……！」

私の顔を見るなり、歯磨き粉を吹き出すオフィーリア。

「どうしたの、その顔！　なにかあった⁉」

「いや、そういうわけじゃ……」

鏡を見ると、充血した目と分厚いクマをつくった顔。

……『黒乃伝《くろのでん》』全話連続視聴をしたときより酷《ひど》い有り様だ。

「昨日何時に寝たの？」

「昨日……、というより一昨日の二十三時頃……かな」

「寝てないってことじゃん！」

頭を抱えるオフィーリア。

「今日はクロノとお出かけするんじゃないの？」

「その予定だったけれど……、この顔だと申し訳なくなるね」

「もぉー、しょうがないなぁ……！」

自嘲する私の顔に、オフィーリアが両手を這わせる。

「え……？」

「動いちゃ、ダメだよ……」

突然の行動に呆然《ほうぜん》としていると、オフィーリアの額が私の額に触れた。

「――《祓枷《エクラメント》》」

オフィーリアが呟《つぶや》くと、灰色の光が瞬《また》たき、脳の動きを阻害していた眠気が消えていった。

　これが、オーフィング家に伝わるという《祓伽《エクラメント》》……。

　と、というか顔があまりに近い！　お互いの睫毛《まつげ》が絡《から》まってしまいそうだ。胸も当たってるし！　……す、好きになってしまう!?

「はい、これでいいかな？　でも、顔色を良くしただけだから、後でちゃんと寝ないと駄目だよ？」

「あ、ありがとう、オフィーリア……」

　オフィーリアの《祓伽《エクラメント》》により、私の顔は、十時間熟睡したようになっていた。

「他はちゃんと準備できてる？　服とか、お化粧とか」

「服は騎士団の制服を、化粧は持ち合わせがなくて……」

「もー、言ってくれれば貸してあげるのに」

　オフィーリアは私の手を取ると、洗面所から駆け出す。

「せっかくお出かけするんだもん、ちゃんと可愛《かわい》くしないとっ！」

　拝啓クロノ様。

　当方シャーロット・ルナテイカーは、このままでは、オフィーリアルートに入ってしまいそうです。

クロノ・シックザード　～魔術暦555年　3月　6日　8時　58分～

騎士団の正門前。

俺は欠伸《あくび》を噛《か》み殺《ころ》しながら、行き来する騎士達を眺めていた。

騎士候補生である俺たちは非番となっているが、正式な騎士たちは今日も出勤の者が多い。いつ侵略種《しんりゃくしゅ》が攻めてくるのか分からないため仕方のないことだ。

「ほら、クロノいたよ」

「あ、あぁ、そうだね……」

照れくさそうにしながらシャーロットがやってくる。……何故《なぜ》か、オフィーリアに手を引かれて。

「どうしてオフィーリアがいるんだ……？」

「大丈夫、すぐいなくなるからさ。シャーロットちゃんがあんまりお洋服持ってないって言うから貸してあげたんだ。どう？　可愛いと思うでしょ？」

シャーロットは灰色のワンピースに小さなポシェットを肩からかけていた。

あまり着慣れていないのか、むず痒《がゆ》そうにしながら視線を行ったり来たりさせている。

戦乙女のように凛々《りり》しい表情をしている彼女とも、普段俺について早口で語っている彼女とも違う、初めて見るシャーロットだ。

「ど、どうだろうか？　……変じゃないだろうか？」

シャーロットはスカートの裾を摘まんで、不思議そうに自らを見下ろす。

シャーロットとオフィーリアは性格も雰囲気も違うが、彼女はまるで自分だけのためにあつらえた服を纏《まと》っているかのように着こなしている。美人は何を着ても似合うということだろう。

「あぁ、普通に似合ってる。可愛いよ」

「あっ、あっ、ありがとう……」

俺が率直に感想を言うと、ボンッと急に顔を赤らめるシャーロット。目線をうろちょろさせながら髪の毛先を指でいじる。

それを見たオフィーリアは満足そうに頷《うなず》くと、俺の背中をポンッと叩《たた》いた。

「じゃあ、私は行くね。クロノが倒した侵略種を解析しなきゃだから」

「色々ありがとな、オフィーリア」

正門を抜けていくオフィーリアを見送り、改めてシャーロットに向き直る。

「それでクロノ様……。今日は調教器《チューナー》の魔力を辿《たど》るわけですが……」

「あぁ、未来人の手掛かりが掴《つか》めるといいんだが」

「街を歩き回るわけですから、少し寄り道をしてもいいでしょうか……！」

ポシェットから小冊子を取り出すシャーロット。

表紙には、『クロノ様ご本人と巡る！　聖地巡礼の旅』の文字と、先日二人で撮った写真が載っていた。

「まさかこれ、作ったのか……」

「はい。昨晩徹夜した会心の一冊です！　クロノ様オンリーイベントに出せば即完売間違いなしかと……！」

「そもそも聖地巡礼ってなんだよ」

「そう聞かれることを見越して、一ページ目に解説を入れてあります！」

シャーロットは俺に『クロノ様ご本人と巡る！　聖地巡礼の旅』の冊子を渡すと、一ページ目を開かせる。

『聖地巡礼って？

聖地巡礼とは、アニメや小説といった創作物でモデルとなった場所を聖地と称して実際に訪れること。聖地では「わぁ……すげぇあのシーンと一緒だぁ」と感嘆するオタクが時折目撃されている。

例文：クロノ様本人と聖地巡礼できるなんて、前世でどれだけの徳を積んだのか。

類語：順礼　参拝　使命
（出典：シャーロット脳内辞典　Charlopedia）』

「……つまり、俺と縁のある場所を俺と回ろう、ってことか？」

「はいっ！　……クロノ様が嫌でなければですが」

俺からすると、普段俺がよく行く場所をシャーロットと巡るだけだが、こんな冊子まで作られて嫌だとは言えなかった。それに、当てもなく歩き回るよりは、目的地がある方がいいだろう。

「……分かったよ。まずはどこから行く？」

「ありがとうございます！　ええっとですね……？」

シャーロットはポシェットからもう一冊冊子を取り出すと、目当てのページを探す。

「あれ～、クロノ先輩とシャーロット先輩じゃありませんですかぁ。奇遇ですね～」

聞き覚えのある甘い声が俺とシャーロットの間に割って入った。

「なっ……！　何故ここにいる、アイ・アルクヴェーディア」

「たまたま通りかかったらお二人が見えたんですよ～。まさか、お二人が九時に正門前で集合してお出かけするなんて知るはずがないじゃないですかぁ～」

「……君、どこかで聞いていたな？」

「何のことですか～？　昨日シャーロット先輩がクロノ先輩の部屋に行ったことなんて私は知りませんよ？」

「っ……！　やはり聞いていたようだな」

きっと、昨日アイは部屋から立ち去るふりをして、俺とシャーロットの話を盗み聞きしていたのだろう。

眉間にしわを寄せるシャーロットと、それを余裕のある笑みで受けるアイ。

言葉にはしないものの、二人の間には明確な敵意が漂っている。

「こうして偶然会えたわけですし、私もその聖地巡礼に同行してもいいですか～？」

「あぁ、構わないぞ。アイも一緒に行くか？」

「聞いたか、アルクヴェーディア。クロノ様が駄目と言ったのだから諦めて――え、構わないと言いましたか？　クロノ様」

俺の回答が信じられないというように、シャーロットが目を見開いて確認してくる。

「魔力を辿れば、未来人と遭遇する可能性があるんだ。味方は多い方がいいだろ？」

「いいでしょう？　シャーロット先輩。──私だって思い出は欲しいです」

アイの言葉に、シャーロットが神妙な面持ちで黙る。

少しして、諦めたように小さく息を吐いた。

「いいだろう、アルクヴェーディア。君の同行を許可しよう。だが！　『クロノ様ご本人と巡る！　聖地巡礼の旅』は二冊しか用意していない。君の分はないぞ？」

「ええ、構いませんよ。──クロノ先輩、一緒に見てもいいですか～？」

アイは返事を待たずに、俺の腕に絡みつき、冊子のページを捲《めく》る。その光景にシャーロットが憤慨したのは言うまでもない。

まだ始まって十分も経《た》っていないのに、既に波乱の予感しかない……。

＊

自動詠唱端末で《魔力探知魔術《フェルサーチャー》》を起動し、騎士団の敷地《しきち》内を歩く。

端末から表示される地図の円周には、赤色の線が波のように揺れている。しかし、未《いま》だ強い反応は見られていない。

そうこうしていると、最初の目的地に到着した。

「まずはこちらになります！」

「ただの中庭じゃないかよ……」

シャーロットに言われて案内したのは、騎士団の中庭。

花壇とベンチがあり、昼時にもなれば騎士たちがよく集まってくる憩いの場だ。まだ朝も早いので、俺たち以外に人影はない。

「た、ただの中庭ではありませんよ！　ここは数え切れないほどのイベントが起きた、……正確にはこれから起きるはずの中庭なのですから！」

「そうですよぉ。多くの人が集まればその分色々起きますから」

シャーロットの解説をアイが補足する。アイは冷静を装《よそお》っているが、先ほどからソワソワした様子で辺りを見回しているので、内心興奮しているのだろう。

「まずはこのベンチッ！」

シャーロットが何の変哲もないベンチを指す。

「こちらはクロノ様がよく座っていたとされるベンチです」

「確かによく座っている気はするけど、そのレベルで聖地扱いされるのかよ……」

「『黒乃伝《くろのでん》』でクロノ様が中庭にいるときは大抵ここに座っていますからぁ～」

「アルクヴェーディアの言う通りです。このベンチは数年後に老朽化から撤去されてしまいますが、未来では境界騎士団《きょうかいきしだん》記念館に展示されています」

たかがベンチではあるが、憩いの場で多くの騎士達に一時の休息を与えてきたものだ。そう思えば、俺が座ったかなんて関係なく、展示されているのも納得できる。

「では、実際に座ってみましょうか。――どうぞ、クロノ様は真ん中に」

「お、おう……？」

シャーロットに促されるままベンチに腰を下ろすと、両隣にシャーロットとアイが座る。

「どうですかぁ？　クロノ先輩」

「ま、まぁ、想像はしてたけど、……いつもと同じだな」

俺からすればよく座っているベンチなので、何も感慨深くない。

……そ、それより、二人用のベンチに無理やり三人で座っているため、シャーロットとアイの柔らかいところが密着してくる方が気になる。

「逆に、アイはどうなんだ？」

「私は三ヶ月前に一人で堪能《たんのう》したので。むしろ、先輩の隣に座れて嬉《うれ》しいですよ？」

妖艶《ようえん》な目つきで微笑《ほほえ》むアイに、心臓が揺らされる。

気を紛らわすために尋ねたが、返り討ちにあってしまった。……いや、ベンチを堪能するってなんだ？

「シャーロットは――」

言いかけて、口が止まった。

視線を落とし、慈《いつく》しむように手すりを撫《な》でる、シャーロット。

その表情は憂いを帯びていて、興奮とは遠いものだった。

「あっ、あぁ……、すみませんクロノ様。レプリカに座ったことはあったのですが、本物に、しかもクロノ様と座れていると思うと感慨深くて……」

シャーロットは大きく息を吐く。

その吐息で、何かを吐ききったのか、再びいつもの明るい表情に戻っていた。

「すみません、落ち着きました。――次に行きましょう！」

シャーロットは興奮気味に、何でもない建物の壁に近づいていく。

「続いて、この壁！」

「壁……？」

「こちらあのアメリア・ジェーンさんがクロノ様が立っているところを、こうドンッとして、『ならば私のものになればいいでしょう？』と求婚した、壁ドンで有名な壁です」

「誰だよ、アメリア・ジェーンって……」

「くくクロノ様っ、あのアメリアさんをご存じないのですか⁉　求婚までされて断ってるのに⁉　グランザの同期で、ミルキーの師匠になるアメリアですよ⁉」

「知らない奴《やつ》を、もっと知らない奴らで説明するんじゃねぇっ⁉」

俺とシャーロットのやり取りを見ていたアイがやれやれと言いたげに首を振る。

「シャーロット先輩に代わって私が詳しく説明してあげま～す。アメリアが登場するのは『黒乃伝』の七巻二十四ページ二行目からで、茶髪が特徴的な喧嘩《けんか》っ早《ぱや》い方です」

「あと、人気投票八位で、格ゲーだと無限コンボがあります」

確かに詳しい解説ではあるが、いまいちどんな奴なのか分かりにくい……。

「……そのアメリアさんは今この騎士団に所属しているのか？」

「いや～それが、アメリアはエクテア支部の方なので、リーンディア支部にはいません」

「じゃあ分かるわけないだろっ⁉」

というか、そのアメリアさんに俺は何をして求婚なんてされたんだ……。そして、未来の俺は断ったのか……。

「という訳で、訪れた記念に壁ドンの場面を再現したいのですが……」

シャーロットは恥じらいながら、チラリと俺を見る。

「私はクロノ様役をやるので、クロノ様はアメリアさん役をやっていただけますか？」

「俺がアメリア役なんだな……」

「もしかして、クロノ様はクロノ様役がよかったですか⁉　いいですよ？　私に求婚されることになりますが！」

「いや、アメリア役でいいです……」

「では、お願いしますっ！」

壁に背中を付け、俺に期待の眼差《まなざ》しを向けるシャーロット。

まだ会ったこともない人物の真似《まね》をさせられるのは非常に恥ずかしいが、これはちゃんとやらないと移動できそうにない……。

俺は心を決めてシャーロットの前に行くと、勢いよく壁ドンをする。

「……っ！」

目を見開くシャーロット。

碧色《あおいろ》の瞳に、俺が映っている。

間近で見る彼女の頬は、ほんのりと朱が入っており、いつもと違う格好をしているせいか、庇護《ひご》欲を刺激されるような脆《もろ》さを感じる。

「うっ……」

シャーロットにはサインをしたし、写真も撮った。この位は慣れたものだ。

「ど、どうぞクロノ様、台詞《せりふ》を……！」

しかし、ただ再現をしているだけなのに言葉が上手《うま》く出せない。

「あっ……、その、なんだ……俺のものに……」

身体《からだ》が熱くなって、湯気が出そうだ。

「は、はい！　なりますッ！」

「断るんじゃないのかよ！」

見つめ合っているのに耐えきれなくなったのか、俺が台詞を言い切る前に、シャーロットが叫んだ。

……なんだこの状況。事情を知らない者からしたら、俺とシャーロットが惚気《のろけ》ているみたいじゃないか。

「やだぁ～、情熱的～」

「ナンパにしても場所を選びなさいよ……」

たまたま通りかかった騎士たちの声が、痛いほど耳に響く。

誤解されてしまっているが、ちゃんと説明しても余計ヤバい奴だと思われるだけだ。

「シャーロット、アイ、一旦ここから離れないか……？」

「しかし、まだ再現していないシーンが――」

「頼む。これ以上俺は周りの目線に耐えられそうにない……」

そう言われて、シャーロットはやっと自分たちが注目を集めていると気付いたようで、カーッと顔を真っ赤にする。

「そ、そうですね……。一旦引きましょうか……」

俺たちは中庭からそそくさと退散する。

もう、どれだけ頼まれてもシーンの再現に協力しないと強く心に誓った。

オフィーリア・オーフィング　～魔術暦《まじゅつれき》555年　3月　6日　11時　53分～

騎士団の最奥《さいおう》にある研究棟。

私は、研究室の床に大きく横たわった侵略種《しんりゃくしゅ》の死体を見下ろし、その特徴を愛用の赤い手帳にメモしていた。

〈怪鳥《かいちょう》〉と識別名を付けられた、巨大な鳥の形をした侵略種。

侵略種は捕食したものの形質を得るため、ここまではっきりと鳥の形になるのは珍しい。数え切れないほどの鳥類か、強力な魔力を持った鳥型の存在を捕食したのだろう。

生存時は全身を炎で包んでいたそうだが、死亡した現在は骨格のような身体が残っているだけだ。けれど、その身体に触れるとほんのりと温かくて、とても死体には思えない。

「おい知ってるか？　この侵略種、候補生二人が倒したらしいぜ……？」

ふと、隣にいた解析員たちの声が耳に入る。

「知ってるー。まだ仮配属なのにこんなの倒しちゃったんでしょ？　将来有望すぎ……」

そう。この個体を討伐した一人は、私の家族であるクロノ・シックザードだ。

クロノが褒められるのは、自分のことより嬉しい。

その一人、私の家族なんです！　と会話に交ざりたいし、同じ孤児院で暮らして、ずっと一緒にいたんです！　とこの場の全員に自慢したい。

きっと、クロノは、誰もが知るような騎士になるのだろう。

そしてすぐ、もっと多くの人から尊敬されるようになって、私だけのクロノじゃなくなる。ご飯を一緒に食べられなくなって、話す機会が減っていく。

解析員である私は、同じ戦場に立てない。

同じ脚光を浴びることはないし、羨望《せんぼう》を向けられることもない。離れていくクロノに追いつくことはできない。

——でも、だからこそ、少しでもクロノが安全に戦えるように、一人でも多くの人を救えるように、侵略種から新たな技術を見つけ出す。そして無事に帰ってきたら、私の魔術でどんな怪我《けが》でも治してあげるのだ。

「精が出ますね、オフィーリアさん」

声をかけられて、現実に意識が戻される。

辺りを見れば、他の解析員はいなくなっており、アガサ先生が部屋に来ていた。どうやら、お昼休みに入っていたらしい。

「どうでしょう。作業は進んでいますか?」

「はい。今考察を書き終えたところです」

まずは侵略種の外見から生態や能力を考察し、その後実際に解剖して確かめる、というのがアガサ先生の解析の進め方だ。

「こんな凄《すご》い侵略種をクロノが倒しちゃったなんて、嘘《うそ》みたいです」

「そうですね。クロノくんも、オフィーリアさんのように侵略災害《しんりゃくさいがい》を生き残った一人ですから、やはり特異な才能があるのでしょう」

侵略災害を生き残った六人の中でも特に幼かった私とクロノは、騎士団が設立したディアレッグ第二孤児院で育てられた。

アガサ先生は孤児院へ定期的に来ては、クロノが侵略災害を生き残れた理屈を解明しようとしていた。騎士団に入った今でも定期検診は続けているが、解明には至っていない。

「それだけに、犠牲となるのは残念ではありますがね……」

「え……?」

「いえ、なんでもありませんよ。――それよりも、オフィーリアさんの考察を聞かせてもらえますか？」

「は……はい」

私は、手帳を開く。

聞き間違いだろうか。アガサ先生の口から妙な単語が聞こえた気がした。

彼女が私に向ける薄ら笑みが、初めて怖いものに感じられた。


クロノ・シックザード～魔術暦555年　3月　6日　10時　51分～


騎士団内では調教器《チューナー》の魔力を辿《たど》れなかったので、俺たちは騎士団の本拠地であるリーンディア城の城下町、ディアレッグに訪れていた。

ある意味、ディアレッグは、騎士団が解析した他世界の技術が最も早く普及される場所であるため、この世界で一番発展している都市の一つだ。

五四一年の侵略災害が起きた影響で、次元口《じげんこう》の発生頻度は他の地域の比にならないほど高い。が、それでも他世界の技術を求めて多くの商人や観光客が訪れるので、とても賑《にぎ》わっている。

「続いての聖地はこちらになります」

シャーロットの案内で辿り着いたのは、『らんまん亭』と看板の出た定食屋だ。

侵略種から得られるのは、なにも他世界の技術だけではない。他世界の文化や娯楽はもちろん、料理のレシピが解析できることもある。

らんまん亭は、そんな料理のレシピを常連の騎士や解析員から受け取り、再現してくれる貴重な店だ。

値段の割には量が多く、騎士団から徒歩五分の場所に位置しているため、騎士ならば一度は来たことがあるだろう。かく言う俺も、オフィーリアや同期たちとよく食べに来る。

「やっぱりここも未来で聖地になってるんだな」

「はい。跡取りの問題で未来ではなくなってしまいましたが、魔術暦七四七年の『黒乃《くろの》伝《でん》』コラボカフェで当時のメニューが再現されていました。

しかしッ！　当時小学生である私がコラボカフェ開催地まで一人で行けるはずもなく……！　泣く泣く諦めたので、今日はそのリベンジになります」

シャーロットは当時を思い出しているのか、悔しそうに拳を硬くする。

「では、入りましょうか」

先陣を切るシャーロットに続いて入店する。

まだ昼には早い時間なので、店内は俺たちしかいない。

「す、凄い……。写真で見たコラボカフェとおんなじだぁ……」

「そりゃあ、こっちが元だからな……」

シャーロットとアイは一瞬視線を合わせると、何も言わずに奥の二番目の机に座す。

……この二人のことだから、何かの作品で俺がよく座っている席とかだろう。聞かなくても予想が付くようになってきた。

俺が席に着くと、シャーロットがメニュー表を広げる。

「さぁ、クロノ様はどうしますか？　私はもう決めてあります」

「何にするんだ？」

「当然、あんみつです！　コラボカフェにてクロノ様の黒髪を餡子《あんこ》、紅の双眸《そうぼう》を二つのサクランボで再現したメニュー『クロノの顔面あんみつ』がありまして、幼い私はそれが食べたくて食べたくて仕方なかったのですが当時は食べることができず数年後カフェで買えた限定の容器をネットオークションで競り落《せお》としてあんみつを自作して――」

「アイはどうするんだ？」

シャーロットの話は例によって長くなりそうなので、アイに視線を向けた。

「そうですね……」

アイはメニューに目を落とし、顎に指を置く。

シャーロットがこの調子だとアイもあんみつだろうか？

「ところで、クロノ先輩。騎士団の通例に従うなら、ここは先輩がご馳走《ちそう》してくれるんですかぁ？」

「まぁ、シャーロットは一昨日来たわけだからそうなるな……」

騎士団でらんまん亭に来たときは、最年長者か最も階級の高い者がご馳走する決まりになっている。誰が決めたか知らないが、俺も先輩に奢《おご》られているので、今回は俺がご馳走する番だ。

「だからって遠慮なんてしないで、アイが好きなものを頼んでいいからな」

「ありがとうございま〜す、クロノ先輩」

アイは小さく微笑《ほほえ》むと、ほんのりと頬に朱が入る。

「では、この店で高いものを上から三つと、あんみつをお願いします」

「が、ガチで遠慮がないな……」

「その時の空虚さは筆舌に尽くしがたいものでやはり失った時間は取り戻せないのだと
――むっ、『この店で高いものを上から三つ』……？　聞き覚えのあるフレーズですね」

アイの注文に、シャーロットが反応する。

「たしか、ミルキー・キルマスが初めてクロノ様とらんまん亭に来たときも、そんな注文をしたような……」

「……『黒乃伝』六巻五十八ページ八行目の台詞《せりふ》です。……よく分かりましたね」

まさか元ネタを当てられるとは思っていなかったのか、アイは目を丸くする。

「当然だろう。ミルキーは私もお気に入りのキャラだからな。その後お金が足りなくて二人が皿洗いをするところが好きだ」

「分かります。皿洗いをしたことがないミルキーに代わって一人でやろうとするクロノ先輩が格好良くて、それに照れながらミルキーが──」

珍しく、アイがシャーロットと楽しそうにクロノとミルキー（？）という少女について語り合っている。

「おっと、失礼しました、クロノ様。ミルキー・キルマスというのは、未来でクロノ様と同じ部隊に所属する方です」

俺が置いてきぼりになっていると気付いたシャーロットが、解説をしてくれる。

「少し生意気なキャラですが根は真面目で、ちょうど、猫をかぶっているときのアルクヴェーディアのような……」

ふと、シャーロットの言葉が止まり、アイが大きく肩を揺らす。

「……もしや、君はミルキーを真似《まね》て——」

「っ……！」

顔を真っ赤にしながら、アイは慌ててシャーロットの口を塞ぐ。

いつも冷静な彼女がここまで動揺するのは珍しい。

「……図星なのか？」

「……言いたくありません」

塞いでいた手をどかして尋ねるシャーロットに、アイは赤面したまま目を逸《そ》らす。

何の話なのか俺には分からないが、否定しない時点で肯定と見ていいだろう。

「安心してくれ。このことは誰にも言わない」

真面目な表情で諭すシャーロット。

「……ありがとうございます」

ボソリとお礼を言うアイは、照れるように口元を隠していた。

＊

「ステーキセットと、若鶏《わかどり》のグリル焼き、カービヤの煮付け、それとあんみつ三つね～」

店主のおばちゃんが、注文通りの品を机に置いていく。ちなみに俺もあんみつを頼んだので、上の三つはアイのだ。

「全部食べきれるのか？」

「はい。こう見えても私、胃袋は大きい方ですから。覗《のぞ》いてみますか？」

「どうやってだよ……」

アイは俺を茶化すと、切り分けたステーキを頬張る。

この食べっぷりなら、問題なく食べきってしまいそうだ。

「来ました来ました、来ましたよ！」

念願のあんみつを前にしたシャーロットは詠唱端末を向け、写真を撮りまくっている。

そして、どこからともなく手のひらサイズの透明な板を取り出した。

「……なにそれ」

「クロノ様アクリルスタンドです！　昨日作りました！」

透明な板の表面には、先日俺とシャーロットが撮った写真が貼り付けられていた。

「……なんで今取り出す？」

「未来では食事と一緒に撮らなければならない、という法律があるからです」

「マジで……？」

「………一応言っておきますが、そんな法律はありません」

見かねたアイが真実を教えてくれる。……危うく信じるところだった。

シャーロットはあんみつの隣にアクリルスタンドを置くと、緩み切った頬で連写する。

法律とまではいかずとも、彼女のなかでは食事前のルーティンになっているようだ。

「はっ！　──き、緊急事態です。クロノ様っ！」

何かに気付いたシャーロットが慌てた様子で向かいに座る俺を叩《たた》く。

「このあんみつ、サクランボが一つしか載っていません⁉」

ワナワナと震える手で、ジャーロットがあんみつを指す。

確かにシャーロットのあんみつの上に載っているサクランボは一つだけだ。が、元々らんまん亭のあんみつはこれがデフォルトである。

コラボカフェのように二つのサクランボを期待していたシャーロットは、頭を抱えながら小刻みに震えている。

「わっ、私は……、コラボカフェの傷を一生背負って生きるしかないというのか……」

「サクランボ一つでする反応じゃないだろ」

仕方がないので俺のをあげよう。

と思えば、先にアイがサクランボをシャーロットのあんみつに載せた。

「なっ……！　くれるのか、アルクヴェーディア」

「勘違いしないでください。……口止め料です」

アイは照れを誤魔化すようにステーキを咀嚼《そしゃく》する。

「それとまぁ……、まさかミルキーの台詞に気付くとは思いませんでしたし、私の次にクロノ先輩に詳しいと認めてあげます」

「アイ……、感謝する」

「急に馴《な》れ馴れしく呼ばないでください。まだそこまでは認めていません」

アイは視線を逸らしたまま、カービヤの煮付けを口に入れる。表情が読みにくいが、心なしか嬉《うれ》しそうに見えた。


オフィーリア・オーフィング　～魔術暦《まじゅつれき》555年　3月　6日　12時　06分～


「――三点目に、この死体がまだ熱を持っていることから、死亡してからも稼働《かどう》を続けている未知の理屈があると思います。以上が、私の見解です」

「なるほど。ありがとうございます」

手帳に記した内容を読み上げると、アガサ先生が拍手をする。

「悪くないですね、さすがオフィーリアさんです。――でも、一つ間違いがあります」

「え……」

突然の指摘に声が漏れた。

私はあくまで、〈怪鳥《かいちょう》〉の死体から得られた情報と考えを言っただけだ。

実際に解剖してみないことには、私の考えが間違っているかなんて分からない——。

これまで何度もアガサ先生と侵略種《しんりゃくしゅ》の解析をしてきたが、解剖もせずに否定されたのは初めてだった。

「なにが……、間違っているんですか？」

気付くと、アガサ先生から一歩後ずさっていた。

質問するのに勇気を振り絞ったのは初めてだ。

「オフィーリアさん、貴女《あなた》はこの侵略種が死んでいる、と言いましたね？」

「はい、熱を持っている以外生命活動は見られないし、次元外魔力《じげんがいまりょく》は検知されていません。確実に死亡しています。……クロノがちゃんと倒しました」

「その前提が間違っているのですよ。この侵略種はまだ死んでいません」

「……えっ？」

「いわゆる休眠状態です。この侵略種は想定以上のダメージを受けたとき、生命活動を止めて傷の治癒に専念する仕組みになっています。……もう数週間もすれば、次元外魔力が検知されるようになりますよ」

「なんで……、そんなこと分かるんですか？」

「教科書にすら載っていることですから。――五十年後のですけどね」

アガサ先生は口元を歪《ゆが》め、〈怪鳥〉の死体を踏みながら頭部の方へ移動する。

異様な空気が部屋に満ちていた。

見た目はいつものアガサ先生だが、彼女の雰囲気と行動は普段のものと全く違う。

「では問題です、オフィーリアさん。もし、この侵略種に魔力を流したらどうなると思いますか？」

「そんな――」

私の答えを待たずして、アガサ先生は〈怪鳥〉の嘴《くちばし》から魔力を注《そそ》ぎ込む。

その瞬間、〈怪鳥〉の身体《からだ》に小さな火が灯《とも》り始めた。

私は目の前の光景に唖然《あぜん》とする。

けれど、無意識のうちにブレードを構えていた。

〈怪鳥〉の炎が徐々に大きくなる中、灰色の刃が顕現し、刃がアガサ先生へ向けられる。

「慣れないものを扱うと怪我《けが》をしますよ、オフィーリアさん？」

「貴女、誰ですか……？」

心臓が早鐘を打ち、呼吸が荒くなる。

そんな私を嘲笑《あざわら》うかのように、目の前で薄ら笑いを浮かべる女性。

「嫌ですね、オフィーリアさん。私はアガサ・ワイルズですよ。——この時代ではね」


クロノ・シックザード～魔術暦555年　3月　6日　11時　40分～


らんまん亭で食事を終えた俺たちは、リーンディア城の隣にある山を登っていた。

「こんな所にも、聖地があるのか」

「はい。あまり有名ではありませんが、どうしても見たいものがありまして……」

先行するシャーロットはそう言い、木々の間を歩いて行く。

しばらくすると、少し開けた場所に出た。

「きっと、この辺りです……！」

東を見ればリーンディア城と、ディアレッグの街並み。そして、西を見れば侵略《しんりゃく》災害《さいがい》によって壊滅し、未《いま》だ手付かずとなっている災害地区が見える。

その光景には、見覚えがあった。

「たしか……、昔来たな」

「やっぱり見覚えがあるのですね、クロノ様！」

「あぁ、もう少し奥に行けば、俺の孤児院があるんだ。よくオフィーリアと抜け出して、探検に来てた」

孤児院の方角を指すと、木々の間から孤児院の屋根が見える。

――境界騎士団立《きょうかいきしだんりつ》ディアレッグ第二孤児院。

孤児院という名前ではあるものの、入居してから十年あまりで、子どもは俺とオフィーリアしかいなかったし、里親が現れることもなかった。

今思えば、孤児院というのは建前で、侵略災害の生き残りである俺とオフィーリアを騎士団が監視しておくための施設だったのだろう。月に一度は検査とカウンセリングがあったし、屋敷《やしき》の中には必ず騎士と解析員が在駐していた。

そんな不自由な生活に嫌気がさしたときは、オフィーリアと孤児院から抜け出し、リーンディアの街やこの辺りを探検したのだ。

「たしか、この辺に……。ほら、あった」

近くにあった木の根元を探すと、そこにはナイフで彫られた「五四一／十／九、クロノ、オフィーリア」の文字があった。初めてここに来たとき、証《あかし》として残したのだ。

「こ、これはまさか幼きクロノ様の肉筆ですかッ⁉」

食いつきそうなほど、根元に顔を寄せるシャーロット。

「これは記録に残さなければっ！　アイ、詠唱端末で私とこの木を撮ってくれないか？」

「構いませんよ。――はい、撮りましたよ。お返しします」

「感謝する。…………ちょっと待て！　君しか映っていないではないかッ!?　しかもピースまでして！」

プンスカと怒りながら、シャーロットは自撮りでなんとかしようとする。

「でも、孤児院なら分かるが、こんな場所が聖地なのか？」

「はい。ここはクロノ様が婚約者にプロポーズをした場所だとされているんです」

「ぶふッ！……マジかよ」

衝撃的すぎて吹き出してしまった。

「そういう文献が残されているだけですから、本当かは分かりませんけどね。でも、その記述から考えると、きっとここです」

「ち、ちなみに相手は誰なんだ？」

「誰だと、思いますか……？」

照れながら尋ねると、シャーロットは意地悪そうに微笑《ほほえ》み、熱い視線を俺に向ける。

「そんなこと分かるわけないだろ？」

とは言いつつ、嫌でも相手が誰なのかは考えてしまう。

もしや……、と思う人物はいるが、とてもじゃないが口には出せない……！

「答えは――」

「いや、やっぱり聞かないでおく！」

急いでシャーロットの声を遮る。

ここで聞いてしまったら、それこそ未来が変わってしまいそうだ。

「それがいいと思います。……と言っても、誰かははっきりしてないんですけどね」

イタズラっぽく、シャーロットはニヘラと笑う。

「そうなのか……？」

「矛盾した文献がいくつも見つかっているんですよ～。だから、クロノ先輩の結婚相手は誰にも分かりません。めぼしい方を見つけたら、私にこっそり教えてくださいねぇ～」

「誰が教えるかッ！」

アイに叫び、俺は改めてこの場所から望む景色を見る。

未だ侵略災害の爪痕を残す災害地区だが、リーンディア城に近い場所では瓦礫《がれき》の撤去作業が行われており、ほんの少しずつだが、復興に向けて進んでいるのが見て取れた。

「ここから見る夕焼けが、クロノ様はお気に入りだったそうですよ」

「たしかに、その気持ちも分かる」

夕陽《ゆうひ》が地平線へと溶けていく様は、とても美しいものだろう。

未来の自分がここをプロポーズの場所に選ぶのも分かる。

「できれば、夕方に来たかったのですが、今回の目的はあくまで調教器《チューナー》の魔力を辿《たど》ることですから」

少し残念そうに、シャーロットが目を細める。

「私が生まれた時代では、この災害地区もビルが建ち並ぶようになっているんです」

丘に風が吹き、揺れるシャーロットの髪と纏《まと》うワンピース。

「──だから、この景色を見られるのは今だけで、それをクロノ様と見られてとても……とても……」

その風にさらわれた雫《しずく》が、俺の頬に触れた。

「す、すみません。嬉しくて感極まってしまったみたいです……！　お、オタクが過ぎますね……！」

止めどなく流れる涙を両手で拭いながら、シャーロットは冗談っぽく笑う。

これまで彼女の涙は何度か見てきた。

しかし、今までのは感情が爆発した結果溢《あふ》れ出《で》たものだったが、今回のは感情を押し殺した結果滲《にじ》み出たように思えて……。

「おい、シャーロット……」

『魔力を感知しました。魔力を感知しました』

声をかけようとするが、詠唱端末が発した音声によって掻《か》き消《け》される。

「どうやら、調教器《チューナー》の魔力が見つかったようですね。……向かいましょう」

涙を拭いながら、《魔力探知魔術《フェルサーチャー》》に記された方角へ歩み出すシャーロット。

その顔は決意で固められており、今更慰めることもできなかった。

＊

魔力を辿っていくと、災害地区の八―Cで《魔力探知魔術《フェルサーチャー》》の反応が止まった。

しかし、辺りには瓦礫があるだけで、隠れ家となりそうな建物も見当たらない。

「おかしい……ですね。反応は明らかにこの辺りなのですが……」

シャーロットは詠唱端末を小突き、誤作動を疑う。

「……クロノ先輩、少し退いてもらえますか？」

「ん……？」

アイに言われた通り、一歩後ろに下がる。

アイは俺のいた場所に膝を突くと、地面の砂を払う。

すると、明らかに自然には付かない幾何学模様が出現した。

「……侵略種教団《しんりゃくしゅきょうだん》がアジトを作るときによく使っている魔術ですね。――《解除《アンロック》》」

アイが紋章に触れながら呟《つぶや》くと、地面に穴が開き、その奥に階段が見えた。

「……なるほど。これは仕組みを知ってないと気付けないな」

「似たような仕掛けは、未来で嫌というほど経験してきましたから。ここは私にお任せください」

アイを先頭にし、シャーロットを最後尾にして俺たちは階段を下りる。

「……にしても暗いな。私の《煌めけ星閃《ステラルーチ》》を明かり代わりに――」

「魔力に反応する罠《わな》があるかもしれません。控えてください、シャーロット先輩」

「そ、そうなのか。……では、これならどうだろう？」

シャーロットは《解かれよ空間《ヴンダーカンマー》》の中から、短剣のようなものを三本取り出した。

「ブレード型ペンライト～」

「なんだそれ……」

「劇場版『黒乃伝《くろのでん》』の入場特典で配布されたペンライトです。クロノ様が使ったとされる歴代のブレードをイメージしています。……ちなみに赤色にしか光らないので、暗闇での視認性は最悪です」

「じゃあ、ここでも使い物にならないんじゃ――」

「いえ、ないよりはマシでしょう。お借りします」

俺の声を遮って、アイがペンライトを受け取る。

赤色の光で照らされた表情は心なしか嬉《うれ》しそうで、もしかしたら単にペンライトが欲しかっただけなのかもしれない。

階段を下りきると、少しだけ広い空間があった。

部屋の中央にある机には、解体された侵略種《しんりゃくしゅ》の死体があり、その額には調教器《チューナー》が取り付けられている。……どうやら、未来人のアジトで間違いないようだ。

俺たち以外に人の気配はない。今のうちに手掛かりを探さなければ。

「っ……！」

「どうした、アイ」

驚嘆するアイのもとへ行くと、そこには壁一面に魔術の紋章が描かれていた。

「《逆巻け不可逆《アンチクロックワイズ》》……！　やはりっ……！」

「クロノ様！　見てください、これ！」

シャーロットが慌てた様子で、一冊の手帳を持ってくる。

表紙には、『クロノ・シックザード　五四一～五四二』の文字。
「……一応聞くが、お前の私物じゃないよな？」
「だとしても今見せませんよ！　――そこの机にあったんです」
シャーロットが指した机の上には、似たような手帳がいくつもあった。そのうちの一冊を手に取る。
『五四五年　八月　一日
次元外魔力値《じげんがいまりょく》：〇・〇二
定期検診にて、極微量ながら次元外魔力を確認。
〈龍《りゅう》〉の魔力と見て間違いないだろう。やはり、クロノ・シックザードには〈龍〉が宿っているようだ。
五四五年　九月　三日
次元外魔力値：〇・五四
〈龍〉の魔力が増加傾向にある。
このままでは他の解析員が気付く可能性がある。定期検診の結果を改ざんするべきだろう。

五四五年　十月　一日
次元外魔力値：〇・〇〇
〈龍〉の魔力が一切確認できなくなった。

当人が〈龍〉の魔力を自覚した可能性がある。』

それはまるで、研究日誌だった。

幼少期の俺について事細かに、特に〈龍〉の魔力について記されている。

「どういうことだよ……？」

ここは未来人のアジトで、この日誌は侵略災害《しんりゃくさいがい》が起きた五四一年から記されている。

つまり——

「その時からもう、この時代にいたってことか……？」

そして、これほど詳細かつ定期的に俺の魔力を調べられる人間は、一人しかいない。

——地上から爆発音が聞こえたのは、その時だった。

「っ……！」

俺は咄嗟《とっさ》に地上へと出る。

目に飛び込んできたのは、空へと上る黒煙。

それが騎士団から上がっていると気付いたとき、頭が真っ白になった。

「ご無事ですか、クロノ様！　――あ、あれは……」

「クロノ先輩はここでお待ちください。私が様子を見てきます」

シャーロットとアイの声が鼓膜に響く。が、その言葉の意味をうまく処理できない。

煙は騎士団の、それも研究棟の辺りから上がっている。

今日、研究棟にはオフィーリアがいて、アイツもきっとそこにいる。

「《心枢第二層《パストリリースト》》――《逡巡解放《ヴァイト》》……」

その答えに気付いたとき、俺は無意識に魔術を行使していた。

急加速した鼓動が〈龍〉の魔力を身体《からだ》に流し、左目を紅《あか》く染める。

「いけません、クロノ様っ！　ここで使っては……！」

止めようとするシャーロットを無視して、偵察へ向かおうとしていたアイを追い抜き、
俺は騎士団へ全力で疾駆する。

〈龍〉の魔力だとか、正体が騎士団にバレるだとか、そんな些細《ささい》なこと、今はどうでも良かった。

一刻も早くオフィーリアの安否を確認する、ただそれだけが脳を支配し、俺の身体を動かしている。

「はぁ……はぁ……」

騎士団の正門に辿り着くと、《心枢《バストリリースト》》の効果が薄れ、徐々に鼓動のリズムが戻っていく。

肌に触れる白い灰と、鼻孔を刺激する焦げた臭い。

そして、空へと駆ける炎と正門まで避難してきた人々が、これは現実の出来事なのだと改めて認識させる。

俺は肩で息をしながら研究棟へと急ぐ。

一歩踏み出すと、最悪な光景を脳が描き、それを掻き消すために次の一歩を踏み出す。

研究棟へと至る道のりで、負傷した騎士と解析員が幾人も目に入る。だが、その中にオフィーリアはいない。

そして、ついに炎上する建物が目の前に迫っても、彼女の姿を見つけることはなかった。

近くで座り込んだ解析員の肩を掴《つか》み、縋《すが》るように問い詰める。

「なぁ！　オフィーリアは⁉　オフィーリア・オーフィングを見なかったか⁉」

――きっと、もう安全な場所にいる。

——たまたま外に出ていて、この爆発に巻き込まれることはなかった。
そんな願望がそのまま解析員の口から出ることを願った。
しかし——
「オフィーリアさんなら……、まだ中に……」
解析員の口から出たのは、最も恐れていた答えで。
俺の心臓は、魔術を使っていないのに、勝手に鼓動を速めていく。
——オフィーリアはまだ中にいる。
そう理解した瞬間、俺は研究棟の中へ走り出していた。
「おい君……！」
解析員の声が遥《はる》か後方から響く。
炎の間を駆け抜け、オフィーリアを捜す。
「オフィーリア！」
名前を呼ぶが、返ってくるのは倒壊していく建物の音だけ。
一つ呼吸をする度に肺が焼かれ、手足が焦げていくのを感じる。
角を曲がる度に彼女の姿を願うが、その願いが叶《かな》えられることはない。
身体と精神を蝕《むしば》まれながら、気がおかしくなりそうな時間をかけ、辿《たど》り着いたのは最奥《さいおう》の研究室。

ここにいなければ、瓦礫《がれき》を全てひっくり返す。

そんな決意で突入すると——

「おや、来たのですか、クロノくん」

そこにいたアガサ・ワイルズが微笑《ほほえ》みかけてくる。

「こんな炎上している建物によく入りましたね」

まるで偶然出会ったかのような顔で瓦礫の山に立ち、

「よほど、オフィーリアさんが大切なんですね……」

その左手は、オフィーリアの首筋を摑んでいた。

「……」

何も言えなかった。

手足が垂れ下がり、完全に脱力したオフィーリア。

その首を締め上げているアガサ。

その光景が、これまで見てきたどんなものより、酷《ひど》く暴力的だったから。

「……アンタか、アガサ先生。いや、アガサ・ワイルズ。ブレードに細工をして、調教器《チューナー》を仕掛けた未来人は」

未来人のアジトで見つけた日誌には、俺の魔力について侵略災害直後から記載があった。

定期的に俺の魔力が手に入るのは、孤児院で検診を行っていたアガサしかいない。

「ええ、そうですよ。……まぁ、調教器《チューナー》を使った時点で隠す気もありませんでしたがね」

アガサはあっさりと肯定した。

「クロノ様！　ご無事ですか⁉　……なっ」

「クロノ先輩、早く避難を。……っ！」

背後から聞こえる、シャーロットとアイの声。二人とも目の前の光景に唖然《あぜん》としているのか、それ以上何も言わなかった。

「どうやら、役者が揃《そろ》ったようですね……。ならば、私も名乗るべきでしょう。……本当の名前を」

アガサは、悠然と俺たちを見下ろす。

「本当の私の名は、カラマ・シストルフィ。――侵略種教団《しんりゃくしゅきょうだん》の幹部にして、この世界で最初の時間遡行者《そこう》です」

「やはり貴方《あなた》でしたかッ……！」

鋭い目付きで、アガサ、もといカラマを睨《にら》み付《つ》けるアイ。

「知ってるのか、アイ！」

「……はい。私がこの時代に来た原因である、侵略種教団の幹部です」

「そういう貴女《あなた》は、私の《逆巻け不可逆《アンチクロックワイズ》》を妨害した騎士ですね？　貴女のせいで、不完全な詠唱で魔術を行使する羽目になりました。……しかし、私は降り立ったのです。目的通り、魔術暦《まじゅつれき》五四一年の七月四日にね」

「なっ……！」

シャーロットが言葉を詰まらせる。

魔術暦五四一年　七月四日。

忘れるはずもない。レベルVの侵略種《しんりゃくしゅ》二体により侵略災害が起こり、俺が〈龍〉から心臓を貰《もら》った日だ。

「そして、レベルVの魔力を得るため〈龍〉に挑みましたが……、逆に私が肉体を消滅させられましてね。間一髪のところで《叛逆せよ輪廻《ソウルインヴェイベル》》を発動した私は、魂だけの状態となり、騎士であったアガサ・ワイルズの肉体を奪ったのです」

恍惚《こうこつ》とした表情で、タラタラとこれまでの経緯を語るカラマ。

シャーロットとアイは、カラマが話す事実を苦い顔で聞いていた。

が、正直言って、俺はそんなことはどうだってよかった。

「話は終わりか？　未来人」

ブレードを振るい、顕現させる紅黒い刃。

目の前にいるカラマ・シストルフィはアガサに成り代わり、今はオフィーリアの首を絞めている。

それさえ分かれば十分だ。——間違いなく俺の敵だから。

「オフィーリアを放せ、今すぐにだ」

怒気を滲《にじ》ませることなく、冷静に告げる。

選択肢など存在しない。

カラマにあるのは俺に従うか、従わされるか、過程の違いだけだ。

「いいですよ。……もとよりオフィーリアさんを殺す意味はありませんから」

予想外にもカラマは快諾し、まるでゴミでも放るようにオフィーリアを投げ捨てる。

「……っ！」

俺は慌てて落下地点に走り、オフィーリアを抱きとめた。

「大丈夫か、オフィーリア……！」

「クロノ……？」

微《かす》かな声がオフィーリアの唇から漏れる。

全身に火傷《やけど》を負い、首筋には赤い痣《あざ》ができていた。きっと、カラマを前にしても逃げ出さずに立ち向かったのだろう。

「……わたし、がんばったかな？」

「……ろくにブレードも使えないくせに、無茶してんじゃねぇよ」

それだけ言うと、オフィーリアは再び意識を失った。

そんな彼女を労《いたわ》るように強く抱き締める。

「いいですね。お二人の関係は昔から好きです。お互いを大切に思っているのでしょうね。

──それ故に付け込みやすい」

瞬間、視界の端が煌《きら》めき、一陣の炎が俺に迫る。

避けるのは不可能……！　できるのは、オフィーリアを魔力で守ることだけだ。

「かは……！」

炎が身体を薙《な》ぎ、吹き飛ばされる。

一瞬で内臓が焼かれ、全身が壁に叩《たた》きつけられた。

瓦礫に広がる鮮血。

だが、理想界《イデア》を構築していた甲斐《かい》があり、オフィーリアだけは無事だった。

「クロノ様……！」「クロノ先輩！」

壁にもたれる俺に、二人が駆け寄ってくる。

カラマの背後には、炎で象《かたど》られた鳥が翼を広げていた。

その姿は、間違いなく昨日俺が倒した侵略種。

が、体軀《たいく》は一回り大きくなっており、頭部では調教器《チューナー》が緑の光を放っていた。

「そんな……まさか……」

シャーロットが目を見開き、悔しそうに歯を噛《か》み締《し》める。

「くッ！　最初に見た時点で気付くべきでした……。歴史書通りの外見だというのに！」

「シャーロット……！　あの侵略種を知っているのか……⁉」

「……はい。よく知っています」

飛び回る侵略種を見上げるシャーロット。

その目は恐怖すら帯びており、頰を垂れる汗は暑さのせいではないだろう。

「その炎は三つの国を沈め、その肉体は幾度となく再生されたため、付けられた識別名は〈不死鳥《ふしちょう》〉。――五年後、クロノ様に倒されるレベルVです」

「こいつがレベルVに……？」

空中を旋回する〈不死鳥〉。五年後の俺が倒すはずのレベルV。

「まだ成長途中ですがね……。お陰で調教器《チューナー》で操れます」

〈不死鳥〉を見上げていたカラマが、俺たちに視線を落とす。

「クロノ・シックザード、一つ提案です。私が求めているのは〈龍《りゅう》〉の魔力とその身に詰まった知識。つまりは貴方の心臓です。もし今ここで差し出すのなら、全員生きて帰しましょう」

「……そんな馬鹿げた提案を呑《の》むと思いますか？」

「戯《ざ》れ言《ごと》は私たちを殺してからにしてもらおう」

立ち上がったアイとシャーロットがブレードを構え、俺とカラマの間に割って入る。

「いいでしょう。纏《まと》めて冥土に――」

カラマの口が唐突に止まる。

まるで訝《いぶか》しむように、自身の右手を睨み付けるカラマ。

その手は誤作動を起こしたかのように震えており、明らかにカラマが意図した挙動ではなかった。

「……まだ抵抗する気力がありましたか、アガサ・ワイルズ」

カラマが呟《つぶや》くと同時、不死鳥は急上昇し、天井に巨大な穴を開けた。

「ここは引きます。が、またすぐにお会いすることになるでしょう」

カラマを背中に乗せた〈不死鳥〉は、天井の大穴から飛び立つ。

炎上する研究棟に残された俺たちは、天井に開いた穴を見上げることしかできない。

天井から覗《のぞ》く空は皮肉なほど晴天で、ほんの一瞬気を緩めた瞬間、俺の意識は闇の中へ落ちていった。

12 クロノ様ご本人と巡る！ 聖地巡礼の旅

聖地No.8　中庭のベンチ
出ました、クロノ様の定位置こと『中庭のベンチ』です！
『玄乃伝』でのクロノ様は大抵このベンチに座っていて、
大抵面倒ごとに巻き込まれています。
では何故！未来の作品でよくこのベンチに座っているかと
言いますと、当時行われた騎士たちへのインタビューで、
クロノ様がこのベンチに座っているという音声記録が
残っているからなんですね〜。

このとき行われたインタビューの音声は魔術暦755年でも
残っていまして、検索すれば誰でも聞けちゃいます！
音質は最悪ですけどね！
私も学生のとき、歴史の勉強だと言い張って授業中に
聞いていましたので今でも暗記しています。
では、その証明として全文書きますね！
『クロノ様：っえ？　インタビュー!?
(↑ここの驚いた声好き)
インタビュアー：はい。クロノさんもお……す
(↑多分、「お願いします」と言っています)

第四章　歴史改変

クロノ・シックザード　～魔術暦555年　3月　6日　15時　22分～

目を開けるとベッドの上。

「やぁ、目覚めたかい、シックザード」

枕元ではアレックスが脚を組んでいた。

「ここは……？」

「医療棟の個室だよ。どこまで記憶がある？」

まだ覚醒しきっていない意識で、記憶を辿《たど》る。

すぐに研究棟での出来事を思い出し、焦燥感がこみ上げてきた。

「オフィーリアは⁉」

飛び起きながらアレックスに問う。

その瞬間、激しい痛みが全身に走った。

「落ち着け。オーフィングなら君の隣にいるだろう」

アレックスが椅子から立つと、ベッドで眠るオフィーリアが目に入った。

全身に包帯を巻かれ、意識を失っているようだ。

「応急処置はされているから、とりあえずは大丈夫らしい。けれど、負傷者が多すぎて、完治させる魔力はなかったそうだ」

この世界の魔術は他者を治癒するのが難しい。

だから、死亡しないよう最低限の治療のみ救護班で行い、負傷者の魔力が回復したら、自ら治癒魔術を行使するのだ。

オフィーリアも今は落ち着いているようだが、目が覚め次第、《祓枷《エクラメント》》を行使しなければ命に関わるだろう。

「……まぁ、君もなかなか重体だけれどね」

アレックスに指摘され、俺は初めて自分の状態を見た。

オフィーリアとまではいかないが、俺の身体《からだ》にも包帯がいくつも巻かれており、〈不死鳥〉によって抉《えぐ》られた箇所が特に激しい痛みを放っている。

「完治させる魔力は残っているかい？」

「……いや、今の魔力量じゃ無理だ」

《心枢》で増幅させた魔力はもう尽きてしまった。

もう一度《心　枢《パストリリースト》》を行使しようにも、騎士団の中ではそれも叶《かな》わない。自然に魔力が回復するのを待つしかない。

「そうか……。そんな状態の君に言うのは酷かもしれないが……。僕らが……いや、君が倒した〈怪鳥《かいちょう》〉が復活した」

真剣な顔つきでアレックスが語る。

きっと彼はこの話をするために、俺が目覚めるのを待っていたのだろう。

「騎士団上層部は〈怪鳥〉の再生能力を考慮してレベルをⅣに昇格。緊急で討伐命令を出した。任務の目的は〈怪鳥〉の再討伐と、連れ去られたアガサ・ワイルズの救出。……その討伐任務に、僕と君も抜擢《ばってき》された」

まだ養成所にいる騎士がレベルⅣの討伐任務に抜擢されるのは前代未聞《ぜんだいみもん》だ。

昨日〈怪鳥〉を討伐した実績を買われたのだろう。

しかし、任務にアガサの救出が含まれているということは、騎士団はアガサの正体が未来人のカラマ・シストルフィだと気付いていないのだ。

「どうする、シックザード。その負傷なら――」

「いや、俺も出る。上層部にはそう伝えてくれ」

「……そうか。報告しておく。一時間後に騎士団のメインロビーに集合だ」

参加の意思を伝えると、アレックスは病室から去って行った。

一時間後に騎士団が〈怪鳥〉討伐に動き出す。

レベルⅣの討伐ともなれば、騎士団でも指折りの騎士たちが集められるはずだ。

しかし、討伐対象の侵略種《しんりゃくしゅ》が後にレベルⅤとなり、それを使役するカラマが未来人であることは俺以外知らない。下手をすれば討伐隊の全滅もありえる。

いっそ、未来人のことを洗いざらい話してしまうか？

……いや、信じてもらえるとは思えないし、信じてもらえたとしても未来が大きく変わってしまうはずだ。

ならば――

「……俺が、〈不死鳥〉とカラマを倒す」

騎士団が動く一時間以内に〈不死鳥〉を再び死体にし、カラマを倒す。

そうすれば、誰も傷つくことなく、未来も守ることができる。

――しかしそれには、俺一人の力じゃ無理だ。

「……クロノ」

微《かす》かな声が鼓膜を震わせる。

咄嗟《とっさ》に声の方を見れば、オフィーリアが目を覚ましていた。

「大丈夫かオフィーリア！」

「うん……、ちょっと痛いだけ。クロノ、お願いしてもいい……？」

オフィーリアは痛みで顔を歪《ゆが》めながら、俺に手を差し出す。

「手……、にぎってほしいな」

「あぁ、そのくらい……！」

言われた通りオフィーリアの手を取ると、彼女はか弱い力で俺の手を握り返す。

「《祓枷《エクラメント》》……」

「おい、何して――」

言うより早く、調律されたオフィーリアの魔力が俺の肉体を修復していく。――重体にもかかわらずオフィーリアは、自分より俺の身体を優先させたのだ。

「お前……なんで……」

「へへ……。実はアレックスくんとの話、聞こえてたんだ……。私が痛いより、クロノが痛い方が嫌だからさ」

薄く笑い、オフィーリアはベッドに手を落とす。

「もういっこ、お願いしてもいいかな……」

「なんだよ……」

「アガサ先生を、助けてあげて」

「ッ……！」

思わず、歯を噛《か》み締《し》めた。

オフィーリアの傷は、アガサに成りすましたカラマが付けたものだ。

自らを半殺しにした相手を、彼女は助けろと言っている。

「覚えてないのかよ、その傷はアガサに――」

「覚えてるよ。……私ね、あの時アガサ先生を止めたくて、魔力を調律しようとしたんだ。

そしたら、魔力の波長が二つあった。きっと、あれは私たちのアガサ先生じゃないよ」

オフィーリアは苦しそうに眉をひそめながら、必死に伝えようとする。

彼女の言うように魔力の波長が二つあったのなら、アガサの肉体は完全に乗っ取られたわけではないのかもしれない。

「だから、助けてあげて……。本物のアガサ先生を。おねがい……」

そう言い残すと、魔力を使い切ったオフィーリアは、再び意識を失った。

「勝手なこと言いやがって……！」

満足そうに眠るオフィーリアの顔を見ながら、俺は彼女の手を握る。

ただでさえ敵は強大なのだ。

アガサを救う余裕もなければ、方法も分からない。

『……もう、誰かがいなくなるのは嫌だからさ』

だが、いつか聞いたオフィーリアの声が脳裏に響いて。

彼女との約束を、破るわけにはいかない。

「分かったよ。俺が全員救ってやる。……もう誰もいなくなったりさせない」

そのために、〈不死鳥《ふしちょう》〉とカラマをいち早く見つけ出し、倒す。

「……クロノ様」

背後から聞こえる声。

振り返れば、シャーロットが神妙な面持ちで病室の窓から入ってきていた。

「シャーロット……！」

〈不死鳥〉とカラマを倒すには、彼女たち未来人の協力が不可欠だ。

「これから騎士団より先に〈不死鳥〉とカラマを倒しにいく。協力してくれないか？」

「……はい。私もそのつもりで、未来の装備を用意してきました」

シャーロットは身体のラインが分かるボディスーツを纏《まと》っており、まるで初めて会ったときのような姿だった。ただでさえ相手は未来の技術を持っているのだ。こちらも同等のものを使わなければ話にならない。

「ありがとう、シャーロット。……ところでアイはどこにいるんだ？」

「近くにいますよ。……彼女も〈不死鳥〉の討伐に協力してくれます」

「よかった……！　なら早速向かおう。たしか《探査魔術《サーチャー》》を使えば──」

「──クロノ様」

シャーロットが俺の声に被《かぶ》せる。彼女の手には、綺麗《きれい》に畳まれた黒色のローブと灰色のワンピースがあった。

「こちらのローブ、お返しします。クロノ様にずっと包まれてるみたいで、とてもよかったです」

「お、おう……？」

返してくれるのはいいが、今じゃないと駄目なのだろうか？

「オフィーリアさんにも、服を貸してくれたことに感謝しているとお伝えください」

「おい、急になんだよ。それは本人に直接言えばいいだろ？」

「……あと、これを受け取っていただけますか？」

俺の疑問を無視して、シャーロットは一冊の本を取り出すと、無理矢理俺に押しつける。

それは、俺が初めてシャーロットに会ったときにサインをした『黒乃伝《くろのでん》』だ。

「これだけは、どうしてもクロノ様に持っていて欲しいんです」

目線を下げ、唇に歯を立てるシャーロット。

その表情は、今にも泣き出しそうで。

「実は、お別れに来たんです」

「えっ……？」

「〈不死鳥〉とカラマ・シストルフィの討伐には私とアイで向かいます」

シャーロットの発言に、俺は言葉を詰まらせる。

「なっ……なんでだよ……⁉」

「そもそもこれは未来人が引き起こした問題です。現代人であるクロノ様に迷惑はかけられません」

「迷惑なんて誰も言ってないだろ！」

「でも……、駄目なんですっ……！」

病室に響いたのは、シャーロットの消え入りそうな声。

「私たちがクロノ様の傍《そば》にいれば、クロノ様の未来が変わってしまいます……！　私たちはクロノ様の物語にいてはいけない存在だから」

「何のつもりだよ……」

瞳に大粒の涙を溜《た》めながら、シャーロットは懇願するように俺を見つめる。

たしかに、俺がカラマや〈不死鳥〉と戦えば、これまでと比にならないほど未来は大きく変わるだろう。

だが、カラマはアガサ・ワイルズとして幼少期から俺に関わり、オフィーリアを傷つけたのだ。今更黙って見ていることなんてできない。

「それでも俺は、二人だけを戦わせるなんてできない」

「……クロノ様ならそう仰《おっしゃ》ってくれると思っていました。──なので、既に対策はしてあります」

「対策……？」

「──すみません。クロノ先輩」

背後から響くアイの声。振り返るより先に、俺の足が影の中に沈んだ。

「っ……！」

アイの《燻れろ紫影《オンブレナータ》》……！

アイが姿を見せなかったのは、俺が従わなかったときの保険か。

どうにか抜け出そうともがいてみるが、まるで底なし沼にはまったかのように、どんどん沈んでいく。

「分かってください、クロノ先輩。……私たちと違って、クロノ先輩だけはここで死んではいけないのです」

シャーロットの隣に姿を現したアイ。

瑠璃色の髪が後ろで纏められており、これからの激戦に備えているのだと分かった。

影の中から腕が伸び、俺を更に引きずり込んでいく。

「この戦いが終わったら、私たちは姿を消します。……どうか正史通りに英雄となってください、クロノ様」

ついには口が影で塞がれ、視界が闇に染まる。

最後に映った二人の顔は、申し訳なさそうな憂いを孕《はら》んでいた。


シャーロット・ルナテイカー　～魔術暦《まじゅつれき》555年　3月　6日　15時　30分～


クロノ様がアイの影に呑《の》み込まれたのを確認すると、私は雫《しずく》を落とすように首を横に振った。別れを悲しむのはもう終わりだ。――私たちの役目を果たさなければ。

「これで、クロノ様は安全なのだな……？」

「はい。今は私の中にいますよ」

そう言って、アイは意味深に自身の下腹部を撫《な》でる。妙に艶《なま》めかしい言い方とジェスチャーだが、深掘りする気にはなれなかった。

「あまり猶予はありません。急ぎましょう」

「分かっている。――《魔術精製機能《クリエイト》》起動。《探査魔術《サーチャー》》を再行使」

『音声認識完了。魔術式展開：：Δ＝@₱∈κ＝∧α∨∵∫――』

詠唱端末が起動し、端末から近隣の地図と無数の赤い点が浮かび上がる。

私たちに許されている時間は騎士団が〈不死鳥〉を発見するまで。

それまでに〈不死鳥〉を討伐し、カラマの野望を阻止しなければならない。さもなくば、この世界の未来が大きく変わってしまう。

「……見つけた」

マップに表示された二点を指す。

場所を把握した私たちは、病室の窓から飛び、人目を避けながら目的地へ疾駆する。

「……」

今は戦いに向けて集中しなければならない。

だが、影に呑まれる直前のクロノ様の顔が頭から離れなかった。

「クロノ先輩のことを考えているんですか？」

隣を走るアイが尋ねる。

今聞いてくるということは、彼女も同じ事を考えているのだろう。

「もしも、今回の件が全て上手《うま》くいったとして、私たちはどうすればいいのだろうか」

私たちがクロノ様の近くにいれば、未来は変わってしまう。

クロノ様を愛しているが故に、クロノ様には関わらないようにして生きなければならない。そんな生き方、想像もできなかった。

「それは全て上手くいった後で話し合えばいいでしょう。……上手くいかない可能性の方が高いでしょうから」

「……そうだな」

敵は時間遡行《そこう》の魔術を完成させ、〈龍《りゅう》〉に肉体を消滅させられても、アガサ・ワイルズの肉体でしぶとく生き延びていた厄災王《カラマ・シストルフィ》だ。それだけでなく、後にレベルVとなる〈不死鳥〉まで配下に置いている。未来の技術を持つ私とアイでも結果は分からない。

「安心してください。もし私が死んでも、影の中にいるクロノ様は安全な場所で解放されますから」

雑談でもするようにアイは言った。

そんなこと、冗談でも言うんじゃない。……そう言い返したかったが、これから対峙《たいじ》するのは、それが有り得てしまう存在だ。むしろ、互いにもしもの場合を伝えておくべきだ。

「……もし、私に何かあったら、遺影はクロノ様とのツーショットを使ってほしい。詠唱端末の暗証番号は……クロノ様の誕生日、と言えば君には通じるな？」

「これから死ぬかもしれないのに、言い残すことはそれなんですね……」

「大事なことだろう？　《解かれよ空間《ヴンダーカンマー》》のコレクションは一緒に燃やしてくれ、と言いたいが……、君の欲しいものがあれば好きに取っていくといい」

「……分かりました。私の弔いは無用です、好きにしてください。ただ――」

アイは一度言葉を区切ると、私に薄い笑みを向けた。

「私はこれまで、クロノ先輩について誰かと話せたことがなかったので、シャーロット先輩と語り合えて少しは楽しかったですよ。……これだけ、ちゃんと伝えておきます」

そう言うと、アイは仄《ほの》かに頬に朱を入れ、目線を前に戻す。

やはり、クロノ様好きに悪い奴《やつ》はいないようだ。


カラマ・シストルフィ～魔術暦555年　3月　6日　15時　43分～

八―J地区。

侵略災害《しんりゃくさいがい》の中心に近いそこは、未《いま》だ瓦礫《がれき》の処理が終わっておらず、騎士たちも寄りつかない状態となっている。

十四年前、《逆巻け不可逆《アンチクロックワイズ》》で魔術暦五四一年にやってきた私は、この場所で〈龍〉に挑み、肉体を消された。

魔術暦七五五年では、アイ・アルクヴェーディアの妨害によって詠唱を省略せざるを得なかったが、それでも五四一年への時間遡行を成功させることができた。

――つまり、私が教団設立理念の一つである、時間遡行を完成させたのだ。

だが、それを知る者はまだいない。

未来の信者たちは、私が《逆巻け不可逆《アンチクロックワイズ》》の行使に失敗し、光の中に消えたと思っていることだろう。

教団の歴史……いや、この世界の歴史に、初めて時間遡行を完成させた人間として名前が刻まれるはずなのに、このままでは失敗した有象無象の一人として名前も残らない。

時間遡行の魔術を完成させたと示すには、もう一度《逆巻け不可逆《アンチクロックワイズ》》を行使し、魔術暦七五五年に帰る必要がある。

この時代に降り立ってから十四年、それだけのために日々を過ごしてきた。

アガサ・ワイルズの肉体を奪い、彼女の肉体に身を潜めては、行使に必要な紋章を少しずつこの地に刻んだ。——あと必要なのは起動のための詠唱と、レベルVでも最高の魔力量を持つとされた〈龍〉の心臓のみ。

これまでクロノを危機的状況に置くことで、〈龍〉の心臓に負荷をかけてきた。

シャーロット・ルナテイカーが現れなければ、もう少し成熟させる予定だったが、未来に帰るくらいの魔力は溜まっているだろう。

あとは、この手中に収めるだけだ。

「……その前に先客が来ましたか」

背後から気配がし、私は悠然と振り返る。

そこに立っていたシャーロット・ルナテイカーは、ブレードを構え、鋭い目つきで私を睨《にら》んでいた。

私は、懐《ふところ》から一冊の赤い手帳を取り出す。

未来から持ち込んだこの手帳の名は、異界教典《アンフェール・コリュプション》。

侵略種教団《しんりゃくしゅきょうだん》の創設者である一人が、死者を蘇生《そせい》させるための研究を綴《つづ》り、侵略種《しんりゃくしゅ》から得た数多《あまた》の魔術を記したものだ。

「貴女《あなた》とは一度話してみたかったのです。貴女はどうやってこの時代に来たのですか？」

私が《逆巻け不可逆《アンチクロックワイズ》》を行使した現場に彼女はいなかった。

ならば、他の方法でこの時代に来たはずだ。

「――《煌《ステラルーチ》めけ星閃》」

『音声認識完了。魔術式展開：：Δ＝√＊・₳ˆ₦×＾β＞₩÷＾α＞₱――』」

シャーロットが魔術名を宣言した直後、機械音声が鳴り響き、二つの光球が出現する。

「答える気はありませんか……」

シャーロットはブレードを構えたまま私を睨むばかりだ。

戦意を失わせた後で、手足をもいでいけば、口を割るだろう。……いや、彼女の場合、クロノにやった方が効果があるかもしれない。心臓を奪う前に試すことが増えてしまった。

「私は別に貴女と争いたいわけではありません。どうでしょう、クロノくんの心臓を奪ってきてくれたら、貴女も未来に帰してあげます。……悪くはない提案かと思いますが？」

「……そんなこと、私が望むと思っているのか？」

「いいえ？　嘲ってみたかっただけです」

次の瞬間、私の嘲笑へ放たれる光線。

即座に魔力の壁――理想界《イデア》を構築し、神速の一撃を防ぐ。

時代は変われど、魔術の理屈は変わらない。

どんな強力な魔術も、それに見合った理想界《イデア》を構築すれば防ぐことができる。

だが、理想界《イデア》の構築が少しでも遅れていたら、肉体を貫かれていた……。下位の侵略種なら一撃で屠《ほふ》れる威力だ。

「怖いですね……。魔術を人に向けてはいけないと、騎士団では教えないのですか？」

「──少し黙ったらどうだ？」

背後から響く声。

──振り向いた時には、シャーロットが私の背中を取っていた。

「っ！」

理想界《イデア》を更に分厚く構築し、ブレードの一薙《な》ぎを受ける。

高密度の魔力同士がぶつかり、飛び散る火花。

シャーロットはダメ押しと言わんばかりに残っていた光線を放つ。

「はあっ！」

シャーロットが裂帛《れっぱく》の気合いと共にブレードを振り下ろし、打ち砕かれる理想界《イデア》。

「今だ、アイ！」

「──言われなくても分かっています」

シャーロットが叫び、背後に現れるアイ・アルクヴェーディア。

彼女の影から伸びた無数の手が私の身体《からだ》と口を拘束する。

《煌《ステラ》めけ星閃《ルーチ》》とブレードで私の理想界《イデア》を破壊し、アイの魔術で拘束する。……なるほど、悪くない手だ。

――だが、舐《な》められたものだ。

「ギエエアアアアアアアアアアアア！」

空間を震わせるような雄叫《おたけ》びが上がり、私とシャーロットの間に舞い降りた〈不死鳥《ふしちょう》〉。

ブレードの一振りを受け、双翼でシャーロットの身体を地面に叩《たた》き付《つ》けた。

「《目録第二通《インデックスナンバー2》》――《黒縄《ラドロ》》」

私は唇にだけ理想界《イデア》を構築し、手に持った異界教典《アンフェール・コリュプション》から魔術を起動した。

瞬間、手帳から飛び出した幾本もの黒槍《こくそう》がアイの肉体を吹き飛ばす。

至近距離でもろに一撃を受けたアイは、頭から瓦礫に突っ込んだ。

今ので内臓をいくつか潰したはずだ。もう彼女はいないものと考えていいだろう。

「模擬戦のときより、ずっと強いみたいですね」

〈不死鳥〉を近くに滞空させ、私は地面に這《は》いつくばったシャーロットへ声をかける。

「どうですか？　今からでも私の味方になりませんか？」

「つう……！」

シャーロットは金色の髪を紅《あか》く染め、ブレードを杖《つえ》のようにして立ち上がる。

どうやら、まだ心は折れていないようだ。

そう来なくては潰しがいがない。

「さぁ、続けましょうか。この世界の未来をかけて――」

クロノ・シックザード　～魔術暦《まじゅつれき》555年　3月　6日　16時　07分～

音も光もない暗闇だけが広がる空間で、俺は叫ぶ。

「《心枢第二層《バストリリースト》》――《逡巡解放《ヴァイト》》！」

加速した心臓が〈龍〉の魔力を身体に満たし、その全てを消費して理想界《イデア》を構築しようとする。が、俺を縛る影の拘束は一向に解けない。――この空間そのものがアイの魔力によって構成されているため、俺の魔力を流す隙間がないのだ。

「ハアッ……！　ハアッ……！　ハアッ……！」

この空間に入ってから、何度《心枢《バストリリースト》》を使ったか覚えてもいない。

一度行使するだけでも負荷が大きいのに、これだけ連発すれば身体が壊れる。

呼吸をするだけで全身に激痛が走り、力むだけで千切れそうになる肉体を《癒傷《エクスキュア》》で無理やり修復していた。しかしそれでも、これ以外にここを出る術はないのだ。

「……《逡巡解放《ヴァイト》》」

再び鼓動が加速し、血と魔力が身体に行き渡る。

一度の行使では駄目だ。

この空間から脱するには、もっと多くの、もっと強力な魔力がいる！

「……《逡巡解放《ヴァイト》》っ！」

加速状態からの再加速。これまで行ったことのない未知の領域だ。

暴れ回る血液が血管を裂き、身体が分裂していく。

《癒傷《エクスキュア》》は行使しない。

そんな余裕があるならば、全て理想界《イデア》の構築に回す。

もはや心臓が動いているのか、止まっているのかも分からない。だが、確実に近づいている。この空間から出るための出口へと——。

「《逡巡解放《ヴァイト》》ッ！」

その瞬間だった。

——心臓が、停止したのは。

「っ……」

言葉を発せられず、小さな息が漏れる。

どこが壊れてしまったのか、それとも全てが壊れてしまったのか。

過剰に過剰を重ねられた身体は、理想界《イデア》を構築するより先に、崩壊した。

加速器が消失し、肉体に残った血液も徐々に停止へと向かっていく。

力が抜け、痛みが消え、意識が……、なくなった……。

＊

「ここは……」

気付くと、見知らぬ場所にいた。

一面に広がる浅瀬の海。

地平線の先では紅い惑星が沈もうとしていて、水面に反射した紅い光が目に眩《まぶ》しい。

何の音もしない静寂の間。

俺は黒色のローブを纏《まと》っており、ポケットにはシャーロットから渡された『黒乃伝《くろのでん》』が入っていた。

胸に手を当てると、心臓は動いていない。

――どうやら、俺は死んだようだ。さしずめここはあの世というやつだろう。

「――余まで死んだことにするとは、相変わらず失礼な小僧だ」

突如、背後から響く声。

振り返ると、視界に収めきれないほど巨大な、純白の〈龍《りゅう》〉がとぐろを巻いて眠っていた。

その姿は、一度見れば二度と忘れることはない。

十四年前、あらゆる生命体の命を奪い、俺に心臓を与えた侵略種――。

「――〈龍《お前》〉か……！」

「久しいな小僧。直接会うのはいつぶりだ？」

〈龍〉は、目を閉じたまま頬を吊《つ》り上《あ》げ、俺の身長より長い牙が露《あら》わになる。

「ここはどこだ？」

「端的に言えば、貴様の精神世界というやつだ。あまりに貴様が騒々しくするのでな、ここまで引きずり落としてきた」

「じゃあ、お前が俺の心臓を止めたのか⁉」

「そうだ。貴様に死なれては、依《よ》り代《しろ》にしている余も困る。しばらく静かにしていろ」

「っ……！」

まるで他人事《ひとごと》のように〈龍〉は言ってのける。

「どんな状況か分かってんのかよ！　今こうしている間にもシャーロットとアイが――」

「喚《わめ》くな。貴様の目から情報は得ている。……まさかあの男が生き延びていたとはな」

〈龍〉は苛立《いらだ》ったように牙を軋《きし》ませる。

あの男とは、カラマ・シストルフィのことだろう。

〈龍〉からすれば、自らの肉体を求めてきた存在だ。殺し損ねていたと分かれば怒りが湧くのも当然だろう。

「状況が分かってるなら、俺に協力──」

「──断る」

〈龍〉は俺の思考が読めているのか、食い気味に拒否する。

「余にかかれば、小娘の影から脱するなど容易《たやす》い。だが、貴様の肉体はまだ余の魔力を扱うには早すぎる。──貴様も、分かっているであろう?」

〈龍〉が突きつけてくる現実は、俺も承知している。

俺の身体は〈龍〉の魔力に順応していない。

その証拠に、『黒乃伝』の表紙に描かれたクロノ・シックザードが両目とも紅色なのに対して、今の俺は《心枢《バストリリースト》》を行使してやっと片目が赤くなるだけだ。

レベルⅤの侵略種《しんりゃくしゅ》を七体倒したという未来のクロノ・シックザードにはほど遠い。

「じゃあ……、もしシャーロットとアイになにかあったらどうなるんだよ」

「……余の知ったことか。むしろ、あの小娘二人はいなくなった方が好都合であろう？」

心底興味なげに鼻を鳴らす〈龍〉。

「金髪の小娘が言ったように、奴らは本来、余たちの人生に関わらない異分子だ。この時代に存在しているだけでも未来を変えてしまう。貴様が英雄となる未来も、小娘たちのせいで崩れるかもしれないのだぞ？」

「っ……！」

叫んで否定してやりたい。

……だが、シャーロットや〈龍〉は間違っていない。

どれだけ未来を変えないようにしても、本来いないはずだったシャーロットとアイがいる限り、少しずつ未来は変わってしまう。

未来人がいなくなれば、俺は生涯で七体のレベルⅤを討ち、多くの命を救う英雄となれる。

だが――

「……もう、異分子なんかじゃないだろ」

静寂の中、世界が微《かす》かに揺れる。

「む……？」

「もうシャーロットとアイは俺の人生にいる。異分子なんかじゃない。大切な同期と後輩だ……！　それを未来が変わるかもしれないから見捨てる？　笑わせんじゃねぇッ！」

鼓動は断続的に、徐々に力を帯びる。

「俺は英雄になりたいんじゃない。これ以上誰も死なせたくないから騎士になったんだよッ！　だから――」

震える拳を握り締め、俺は〈龍〉を睨《にら》んだ。

「カラマと〈不死鳥〉を俺が討つ。そして、シャーロットとアイを助け出す。それが俺の、英雄クロノ・シックザードの新しい未来だ！」

叫んだ瞬間、俺の心臓と連動するように揺れる世界。

血が、魔力が、循環し、身体《からだ》に力を漲《みなぎ》らせる。

「そのためにお前も力を貸せッ！　――喰《く》わせてやるよ！　契約通り、未来のレベルVを！」

「ふん。名声を得るとしても尚《なお》、更に求めるというか。相変わらずイカれた小僧だな、貴様は……！」

身体を起こし、翼を広げる〈龍〉。

その瞬間、世界が激しく揺れ、俺の鼓動もこれまでにないほど力強く脈打つ。

「いいだろう、小僧。貴様との契約、今果たしてもらうとしよう。余もあの未来人を殺し損ねた未練があるからな。——だが、最後に貴様の覚悟を確認させろ」

〈龍〉は首をもたげると、姿見のように巨大な紅《あか》い瞳を俺の前に近づける。

「敵は、十四年前にこの余が殺し損ねた未来人だ。当然貴様では敵《かな》わないであろう。そして、もう一体は貴様が五年後に殺すというレベルV《同族》。今の貴様では当然敵わない」

「御託はいい。——両方潰すぞ」

「いい覚悟だ、小僧。——いい眼《め》をするようになった」

口元を歪《ゆが》める〈龍〉。

「《心枢第三層《バストリリースト》》——《刹那解放《リット》》」

その紅色の瞳に映る俺の双眸《そうぼう》も、紅く輝いていた。

シャーロット・ルナテイカー　～魔術暦555年　3月　6日　16時　10分～

「ギエアァァァァァァァ！」

「《煌めけ星閃《ステラルーチ》》！」

絶叫と共に放たれる火球を、光線で撃ち落とす。

「どうしました？　防戦一方ではありませんか」

離れた場所から、ニヤリと笑うカラマ。

その後ろでは〈不死鳥《ふしちょう》〉が舞っており、まるで日の出を背中で浴びているような、皮肉にも神々《こうごう》しい光景だった。

あらかじめ立てていた作戦は失敗に終わった。

視界の端に映るアイは瓦礫《がれき》に背中を預けて項垂《うなだ》れており、助けは見込めそうにない。

私一人で、後にレベルVとなる侵略種とカラマの相手をしなければならない。

控えめに言っても状況は最悪……。

〈不死鳥〉の火球を受けるのがやっとだ。――だが、攻めなければ、近づかなければ、勝機は見つからない。

「――《煌めけ星閃《ステラルーチ》》」

無数に展開される光球。もう出し惜しみができる余裕はない。

光線を射出すると同時、私はカラマへと走りだす。

「受けてあげなさい、〈不死鳥〉」

カラマから命令を受け、〈不死鳥〉は私へと突っ込んでくる。

放った光線は〈不死鳥〉の身体に当たるものの、身体の炎が一瞬弱まるだけで、すぐに再生されてしまう。下手な攻撃では、奴にダメージは入らない……！

「――放て」

カラマから命令が下り、〈不死鳥〉は嘴《くちばし》を大きく開き、焔《ほのお》を撃つ。

私の身体を呑《の》み込みそうなほどの大きさ。

――光線で穿《うが》とうにも巨大すぎる。

「っう……！」

ブレードの刃で炎を受ける。

太陽を斬っていると錯覚するような熱さだ。

ブレードを握る手が焼かれ、灰になっていくのを感じる。

「ああああアアアアッツ！」

残りの魔力をブレードへと流し、持ちうる全ての力で、刃を振り抜く。

切り裂かれた火球は私を避けるように飛んで行き、後方で爆発した。

が、息をつく間もなく、眼前にまで迫っていた〈不死鳥〉の翼が、私の身体に衝突する。

肺から押し出される空気と、一瞬の接触にもかかわらず炭にされる肉体。踏みとどまることができず、身体が吹き飛ばされた。

『警告。残り魔力量五％未満。速やかに戦闘から離脱してください』

瓦礫に埋もれながら、詠唱端末が警告を発する。

五％未満……。もうろくに魔術は使えない。

視界は炎で包まれ、さながら地獄のようだ。

残りの魔力を脚力の強化に使えば、逃げ切れるだろうか……。

カラマの目的はクロノ様の心臓だ。私が逃げ出したところで気にはしないだろう。

逃げた先で、《解かれよ空間《ヴンダーカンマー》》にあるクロノ様のグッズに囲まれながら静かに暮らすのも悪くないかもしれない。

「……私も弱いな」

一瞬でも、クロノ様を見捨てようと考えてしまった。

私が諦めれば、クロノ様が殺される。

私にローブを貸して、サインを書いてくれて、一緒に出かけてくれた人が殺される。

──それだけは、絶対に嫌だ。

「《解かれよ空間《ヴンダーカンマー》》……！」

私が魔術名を唱えると、空間に出現する黒い穴。

「……中の物を、全部吐き出してくれ」

私の命令を聞いた詠唱端末が、《解かれよ空間《ヴンダーカンマー》》に入っていたものを勢いよく吐き出す。

『黒乃伝《くろのでん》』に始まり、フルグラフィックTシャツ、アクリルスタンド、ブレード風ペンライト、缶バッチで覆われた痛バック、ポスター、タペストリー、キーホルダー……。

そのどれもに思い出があり、私そのものを形作ってくれた、大切なコレクションだ。

『警告。残り魔力量十％に達しました。戦闘からの離脱を推奨します』

《解かれよ空間《ヴンダーカンマー》》は維持しているだけで魔力を消費する。中身がなくなれば、その分魔力も回復する。

大切なクロノ様のグッズを犠牲にするなんて、昔の私が見たら泡を吹いて倒れただろう。

――だが、それでも守りたい人ができたのだ。

「そうか……」

やっと、自分の感情が理解できた。

「私は、クロノ様を人として好きになったのだな」

キャラクターとしてではなく、一人の人間として。

あの時、クロノ様に頰を触られてお礼を言われた瞬間から、私はクロノ・シックザードを人間として愛するようになったのだ。

LOVE

灰と化した手でブレードを握り締め、刃を顕現させた。

炎に包まれた瓦礫の中で、焼かれていくグッズを横目に、私は立ち上がる。

どうせ葬式ではグッズも一緒に燃やしてもらう予定だ。

死に場所としては申し分ない。

「……まだやる気ですか？」

「当然だろう」

額から鮮血を垂らしながら、私はカラマと〈不死鳥〉にブレードの鋒《ほこ》を向け、《煌めけ星閃《ステラルーチ》》を展開する。

「私はクロノ・シックザード様の一番のオタクにして、専属の騎士だ。貴様のような者にクロノ様の未来は変えさせない」

「見上げた精神ですね」

カラマは微笑《ほほえ》み、腕を高らかに上げる。

「――なら、その精神に恥じることなく、冥土に送ってあげましょう」

カラマからの合図を受け、特大の火球を放つ〈不死鳥〉。

それは、これまで見た中で最も巨大で、大地を抉《えぐ》りながら私へと迫る。

ここから逆転できるなんて、思っていない。

だが、私が一秒でも長く抗《あらが》うことで、少しでも〈不死鳥〉とカラマを消耗させられるなら本望だ。

ブレードを振ろうとする。

が、身体が言うことを聞いてくれない。もはや、避ける気力は出せなかった。

未練はある。だが、悪くない人生だった。

数日間だが、それなんて夢小説？　みたいな日々を送ることができたのだ。

もし、クロノ様と共に来ていたらこの未来は覆《くつがえ》ったのだろうか。……いや、考えるのはやめておこう。

焔が瓦礫を呑み込みながら迫る。私は目を閉じ、前屈《まえかが》みに倒れる。

『膨大な次元外魔力《じげんがいまりょく》を感知しました。推定魔力値：一八〇〇〇』

警告を鳴らす端末。

「――クロノ・シックザード、推参……だったか？」

だが、痛みが訪れるより早く、聞き覚えのある声と台詞《せりふ》が投げかけられ、私の身体が抱き上げられる。

「へ……？」

瞼《まぶた》を開けると、目の前にはクロノ様の横顔。

お姫様抱っこをされた私。

極まったオタクは走馬灯が質量を帯びると聞く。つまりこれは幻覚。

……いや、そんな話があってたまるか。私は今、本物のクロノ様にお姫様抱っこをされている……!?

「く、クロノ様……!?」

「無事か？　シャーロット」

「は、はい。ぶ、無事です。……いや！　無事ではありませんッ！」

外傷は大した問題ではないが、この状況は人間が許容できる幸福を超越している。幸せで脳細胞が溶けていくのを感じるし、心臓は削岩機みたいな音を出している。この状況が無事であるはずがない！

そんな夢のような空間から、眼前にまで迫った火球の熱量が私を現実へ引きずり戻す。

「クロノ様、お逃げくださいッ！」

「……大丈夫だ」

クロノ様が呟《つぶや》くと、炎は私たちを避けるように通過していく。それだけではなく、グッズを燃やしていた炎すら消えていた。

まるで透明なバリアの中にいるような感覚。

何かの魔術を行使した……？　いや、違う。私たちを包み込むようにして理想界《イデア》が構築されているのだ。

「こんなの有り得ません……！」

理想界《イデア》は自身の体内魔力を放出することで構築されるため、範囲が大きくなる程、消費する魔力量も膨大なものになっていく。

だが、クロノ様は当然とでも言うように、涼しい顔で目の前の事象を静観していた。

「な？　大丈夫だっただろ？」

〈不死鳥〉の火球が通りすぎ、クロノ様が私に微笑みかける。

「クロノ様、その目は⁉」

私は堪《たま》らず叫んだ。

――クロノ様の瞳が、まるで創作上のクロノ・シックザードのように、両方とも紅《あか》く染まっていたから。

「まぁ、色々あってな。詳しい話は後だ。……借りるぞ、ブレード」

クロノ様は私を地面に寝かせると、手からブレードを抜き取る。

その瞬間、紅に染められる刃。

クロノ様は鋭い目付きで、カラマと〈不死鳥《ふしちょう》〉を見据える。

「──まずは、〈不死鳥〉とカラマを倒す。オフィーリアを、シャーロットとアイを傷付けたんだ。ただじゃ済まさない」

「っ……！」

クロノ様から発せられた、シャーロットとアイという言葉に、私の胸が高鳴った。

「……私は、大馬鹿者だったようだな」

クロノ様はどんな敵にも立ち向かい、命に代えてでも仲間を助けようとする。だからこそ、レベルⅤの侵略種《しんりゃくしゅ》を討ち、歴史に名を刻んだのだ。

そんな彼が、私とアイを放っておいてくれるはずがない。それをただ未来から来ただけのオタクが止められるはずもない。

──もう、私たちはクロノ様の守る対象に含まれているのだ。

「──お待ちください」

私は立ち上がり、クロノ様の隣に駆け寄る。

たとえ守られる対象だとしても、一方的では未来にいるのと変わらない。

同じ時代にいるのだから、共に助け合える関係でありたい。

「私も、共に戦わせてください。クロノ様」

彼が未来を変えようと言うのならば、私はそれに協力する。それが、オタクである私のやるべきことなのだ。

「……ありがとう、シャーロット」

クロノ様は短くお礼を言い、私の名前を呼ぶ。たったそれだけで、端末に表示される魔力量が十五％まで上昇した。

カラマ・シストルフィ　～魔術暦《まじゅつれき》555年　3月　6日　16時　14分～

「――なら、その精神に恥じることなく、冥土に送ってあげましょう」

私の命令により、〈不死鳥〉は大地を抉るほど巨大な一撃を放つ。

もはや結果を見る必要もない。

「おっと……、どうやってこの時代に来たのか、聞きそびれましたね……」

だが、《逆巻け不可逆《アンチクロックワイズ》》が完成すればいくらでも確かめる方法はある。

既に夕日が沈みかけており、影が大地へと伸びていた。この後、クロノ・シックザードを探し出し、魔術を行使しなければならない。そろそろ潮時だ。

私はシャーロットに背中を向け、もう一人の未来人のもとへ歩む。

「おや、目覚めていましたか」

「……どうも」

瓦礫《がれき》にもたれかかるアイは額から血を流し、私に詰まらなそうな視線を向けていた。もう覚悟ができているのか、死が迫った人間の顔ではない。

「最後に、言い残すことはありますか？」

「そうですね……」

アイがボソリと呟き、

「――最後に言い残すことはありますか？」

冷ややかな目で私を嘲笑した。

一瞬、呆気《あっけ》にとられてしまう。

それがオウム返しではなく、私への問いかけなのだと気付くのに数秒かかった。

「この期に及んで、何か策があるというのですか……？」

「お笑い種ですねぇ、カラマ・シストルフィ。教団の幹部である貴方《あなた》が敵に答えを求めるんですかぁ？」

「っ……！」

わざとらしい口調に苛立《いらだ》ちながら、私はアイを観察する。

魔術を行使した形跡は感じられない。

出血量からして、まともに動ける状態ではない。

私は、魔術の媒体として使われていたアイの影を見る。──しかし、その影が、どこにも伸びていなかった。

「貴女《あなた》……！　影をどこに──」

「安心してください。私は何もしていませんから」

私の気付きを悟ったように、アイは語る。

「私の影が消えたということは、《熛れろ紫影《オンブレナータ》》から誰かが脱出したということです。

……脱出の方法は理屈上、二つ。一つは膨大な魔力で理想界《イデア》を構築する方法。ですが、これはまず不可能でしょう」

《熛れろ紫影《オンブレナータ》》の中とは、アイの魔力で満ちた空間だ。並の魔術師では魔力を放出することもできないだろう。

「もう一つは、《熛れろ紫影《オンブレナータ》》の仕組みを理解し、無効化する方法ですが……、これもまず不可能でしょうね」

魔術が行使される理屈と詠唱文が分かれば、理論上、魔術を無効化できる。

だが、既に《燻れろ紫影《オンブレナータ》》に囚《とら》われた状態でそれを行うのは、問題文が提示されていない状態で、問題を解くようなものだ。

「なら、どうやって脱出したというのですかっ！」

「――知りませんよ。でも、どちらかの方法であるのは間違いありません。……ふふっ」

アイは口元を歪《ゆが》め、堪えきれずに笑い声を上げる。

「聡明《そうめい》な貴方なら分かりますよね？　今から貴方が相手にするのは、その不可能を可能にしてしまえるお方なのです。改めて聞きます。――最後に言い残すことはありますか？」

死に体にもかかわらず、余裕の表情で問いかけるアイ。

アイの言うことは、とてもじゃないが信じられない。

……何かのブラフ？　いや、意図が不明だ。

……時間稼ぎ？　いや、今更時間で覆るものではない。

それとも全て真実で――

「――よう。十四年《さつき》ぶりだな」

その声が聞こえた瞬間、私は咄嗟《とっさ》に振り返った。

〈不死鳥〉の一撃が放たれた先、灰すら残っていないはずの場所から聞こえる声。

震える身体《からだ》を制して、私はその方角を見る。

そこには、黒い髪に紅い目で、ブレードを持った青年の姿があった。

「クロノ……シックザード……！」

何故《なぜ》ここにいる……？

いや、答えはもう知っている。奴《やつ》こそが、《燻れろ紫影《オンブレナータ》》から脱出した張本人だからだ。

「自ら出てきてくれて助かりました。もし姿を見せないなら、貴方の親しい人を順番に殺していくつもりでしたよ」

恐れを悟られないよう、平静を装《よそお》う。

クロノはまだ未覚醒の状態。〈龍《りゅう》〉の力を使いこなすことはできない。

そもそも、私の目的は彼の心臓を奪うことだ。何も怯《おび》える必要はない。

……のはずなのに、その両目は紅く染められており、纏《まと》う風格は、私の肉体を消した〈龍〉のそれだ。

「もう一度消される覚悟は、できてるんだよな……？」

私を見据え、ゆっくりとブレードを構えるクロノ。

それを見た瞬間、私の中で何かが弾《はじ》けた。

「ッツ……！　奴を消し炭にしなさい！　〈不死鳥〉ッ！」

反射的に叫ぶ。

今すぐにでもクロノを消さなければならない。そう本能で理解したのだ。

「ギエアァアァアァアァ！」

雄叫《おたけ》びを上げ、上空からクロノへと降下する〈不死鳥〉。

まだ成長途中とはいえ、〈龍〉と同じレベルVの侵略種だ。調教器《チューナー》で私の支配下にある分、優勢といえる。

だが、クロノは表情一つ変えずに、まるで蚊を追い払うように片手でブレードを振るう。

――その一振りで、未来のレベルVは身体を真っ二つに裂かれ、撃墜させられた。

「……は？」

断末魔すら上げずに落ちていく〈不死鳥〉。

私はそれを呆然《ぼうぜん》と眺めることしかできなかった。

二百年後の魔術である《煌めけ星閃《ステラルーチ》》ですら屠《ほふ》れなかった〈不死鳥〉を、たったの一撃で絶命させた。

まるで物語の最後から連れてきたような、規格外の強さ。人類が二百年という年月で培《つちか》った技術も、クロノの前には及ばないというのか……？

……いや、違う。

これは試練なのだ。私が《逆巻け不可逆《アンチクロックワイズ》》を完成させるための、最後の試練。

私の肉体を消し去った〈龍〉の心臓を持つ、クロノ・シックザード。

私の因縁を清算するのに、これ以上適切な生涯はない。

「ならば、なんておあつらえ向きなんでしょう……」

私はクロノ・シックザードを倒し、《逆巻け不可逆《アンチクロックワイズ》》を完成させる。

「……見せてあげますよ、侵略種教団《しんりゃくしゅきょうだん》二百年の英知を――」

クロノ・シックザード　～魔術暦555年　3月　6日　16時　16分～

紙切れのように墜《お》ちていく〈不死鳥〉。

心臓が脈打つ度、〈龍〉の蓄えてきた知識が流れ込み、莫大《ばくだい》な魔力が全身を満たす。

これこそ、後にレベルⅤを七体も葬《ほうむ》る〈龍〉の本領。そして、今後俺が会得《えとく》していく力なのだ。

「シャーロットはアイを頼む。……俺は、カラマを討つ」

「は、はい」

アイのもとへ走って行くシャーロットを横目に、俺はカラマへと踏み出す。

〈不死鳥《ふしちょう》〉は何度も肉体を再生させたと聞いている。きっと今の一撃では死んでいないだろう。また復活する前に、この戦いを終わらせなければならない。

「クロノ・シックザード……、私を殺しに来たのですか？」

「……」

もはや答えるまでもない。

「残念ですが、それは叶《かな》いませんよ。貴方は、私と《逆巻け不可逆《アンチクロックワイズ》》の礎《いしずえ》となるのです。

――《目録第四通《インデックスナンバー4》》――《叫喚《グリダ》》」

カラマが魔術名を宣言した瞬間、手帳が開かれ、黒色の液体が顕現する。

刃の形を成し、俺へと向かってくる《叫喚《グリダ》》。

俺はその一撃をブレードで受けた。

カラマが持つ赤色の手帳には、未来の魔術が記されているのだろう。

だが――

魔力を注《そそ》ぎ込んだブレードで、黒色の液を薙《な》ぐ。

その余波が、カラマの頭上を通過し、背後の瓦礫を両断した。

「カラマ・シストルフィ、俺は今、腹が立ってるんだ」

十年以上魔術の研究に使われ、俺の大切な人を何人も傷付けられた。

もう許す、許さないの領域は越えている。

「本気で来いよ。お前がどれだけ無力か心底分からせてやる。――出し惜しみしてると、また死ぬぞ？」

「っ……！　舐《な》めたことを……！　――《目録第五通《インデックスナンバー5》》――《大叫喚《グリダーレ》》！」

再び顕現する、黒色の液体。先程より大きく、数も無数にある。

が、ブレードの一振りでそれらを薙ぎ払《はら》う。

「《目録第六通《インデックスナンバー6》》――《焦熱《エルツィ》》ッ！」

一帯の大地が黒に染まり、そこから溢《あふ》れ出《で》る刃が俺を攻め立る。

理想界《イデア》を全身に纏っていなければ、一瞬で串刺しになっていたことだろう。

それでも俺はカラマを見据え、歩みを止めない。

「っつ……！　《目録第七通《インデックスナンバー7》》ッ！　――《大焦熱《エルツィオーネ》》ェッ」

瞬間、漆黒に染まる空間。

夜を何倍にも濃縮したような闇。

純然たる殺意のみで練り固められた魔力が俺の理想界《イデア》に浸潤しようとし、一歩進むごとにその密度を上げていく。

「終わりですよ、クロノ・シックザード……！　《大焦熱《エルツィオーネ》》は未来の貴方《あなた》に致命傷を負わせたと記述がある魔術。今の貴方では耐えられませんっ！」

闇の中でカラマの声が響く。

だが、放出される〈龍〉の魔力は、無慈悲にも《大焦熱《エルツィオーネ》》を崩壊させていった。

「未来の俺をどうした魔術だって？」

「なっ……!?」

目の前の光景に息を呑《の》む、カラマ。

「『異界教典《アンフェール・コリュプション》』の魔術を受けて無傷……？　ど、どういう理屈ですか……!?　ふっ、ふははははは……！」

現実を否定するようにカラマは小さく首を振り、背中から倒れる。

「い、《目録第二通《インデックスナンバー2》》――《黒縄《ラドロ》》……！」

手稿から射出される黒槍《こくそう》を避ける。

その一瞬の隙にカラマは立ち上がると、踵《きびす》を返《かえ》して走りだした。

今更逃げ場などないはずだ。

しかし、カラマは転《こ》けるように膝を折り、地面に両手を突いた。

「負けましたよ、クロノ・シックザード……。私では、どうやっても貴方には勝てないようです。ですが――」

カラマが俺に顔を向ける。その口元は歪んでおり、敗北を認めている表情ではなかった。

「打つ手はまだあるのですよ。――《円環の主よ　時を刻む者よ》！」

詠唱を開始するカラマ。

その瞬間大地が揺れ、カラマを中心に紫色の光を放ちながら紋章が現れる。

「……別の時代に逃げる気か」

何が起きているか悩むより早く、俺に流れる〈龍〉の知識が答えをはじきだす。

紋章と詠唱からして、行使しようとしているのは時間遡行《そこう》の魔術。

本来なら膨大な魔力が必要な仕組みになっているが、俺から溢れ出ている〈龍〉の魔力を再利用しているわけか……。偶然か策略かは分からないが、頭が回るのは間違いない。

「今更逃がすかよ」

理解すると同時にカラマへ疾駆する。

だが、カラマはそれを待ち構えていたかのように、目を見開いた。

「《夜の底より這《は》い来たりて　円環よ逆巻け》――《逆巻け不可逆《アンチクロックワイズ》》ッツ！」

カラマが叫んだ瞬間、紫色に包まれる視界。

詠唱を破棄した力業の魔術行使……！

空間が捻じ曲がり、カラマの嗤笑《ししょう》が歪《ゆが》む。

「かかりましたね、クロノ・シックザード……！　共に時空の狭間《はざま》へと——」

「——分かってるよ」

カラマへと拳を突き出し、握り締める。

その瞬間、視界を埋めていた紫色の光が収まり、……何も起きなかった。

「は……？」

カラマが、呆《ほう》けた声を漏らす。

「な、なにが起きている⁉」

「お前の《逆巻け不可逆《アンチクロックワイズ》》は、行使される直前、空間に魔力が伝搬される仕組みだろ？」

「なぜそれを——」

「だから、魔力が広がる前に握り潰した。——こんな風にな」

突き出した拳の隙間から、微《かす》かに漏れる紫の光。

空間に広がろうとする《逆巻け不可逆《アンチクロックワイズ》》を、更に強い魔力で押し潰す。

少しでも気を緩めれば《逆巻け不可逆《アンチクロックワイズ》》が伝搬されてしまうし、覆っている魔力を増やせば魔術が暴発してしまう。〈龍〉の助けがなければ、何万回挑戦したって失敗していただろう。

「そんなの……有り得るはずがない……」

「現にできてるだろうがよ。……でも、このまま抑えこむのは今の俺でも無理だ」

俺は拳を振りかぶる。

指間から漏れる紫が、弧を描いた。

「歯を食いしばれよ、カラマ・シストルフィ……」

「ッツ！」

振り抜かれる拳がカラマの鳩尾《みぞおち》に刺さる。

刹那、手の内に抑えられていた魔力が弾け、空間を裂く、赤紫色の魔力。

声を上げる間もなく、後方へ吹き飛ぶカラマ。

無数の瓦礫《がれき》を突き破り、埃《ほこり》が立ち上る。

その軌跡を辿《たど》っていくと、カラマが瓦礫に背中を預けて、虚《うつ》ろな目で俺を嘲笑していた。

「……ここまでして私を殺せないなんて、〈龍《りゅう》〉の魔力も大したことはありませんね」

「俺だって、死んだ奴《やつ》までは治せないからな」

カラマの傍《かたわ》らに膝を突き、〈龍〉の魔力でカラマを包み込む。

「いったい何をする気ですか……！」

「約束してるんだよ、オフィーリアとな」

カラマが入っている肉体は、アガサ・ワイルズのものだ。

まだ肉体にアガサの魂が残っているのかは分からない。

だが、試す価値はある。

「──だから、お前の魂だけを消す。──《祓枷《エクラメント》》ッ……！」

瞬間、紅の光が瞬《また》く。

《祓枷《エクラメント》》は肉体に害を与えるものを浄化する魔術。

これまで何度もオフィーリアにかけてもらったのだ、理屈は俺の身体《からだ》に刻み込まれている。そして、流れる〈龍〉の知識と魔力が、実現させる力をくれる。

「があああああっッ！」

響き渡る、男の野太い声。きっとこれが、カラマの真の肉声なのだ。

光が晴れると、そこには目を閉じたアガサの姿。

まるで、うたた寝しているような安らかな表情。それを見れば、カラマから解放されたのだと確信できた。

「クロノ様」「クロノ先輩」

駆け寄ってくるシャーロットとアイ。

二人はアガサの姿を見ると、顔を強《こわ》ばらせる。

「もう大丈夫だ。カラマの魂だけ消滅させた」

「そ、そんなことが可能なのですか、クロノ様」

「あぁ、……オフィーリアのおかげだ」

呼吸はしているようだが、今後、アガサがどうなるかは俺にも分からない。

もしかしたら、もうアガサの意識は完全に消滅しているのかもしれない。だが、少しでも残っている可能性があるのなら、見捨てることはできなかった。

――それが、オフィーリアとの約束だから。

「……二人ともボロボロだな」

シャーロットとアイを見れば、全身傷だらけだった。

俺は、特に外傷が目立つアイに駆け寄る。

「わ、私のことなど気にしないでください、クロノ先輩……！　この程度の傷、唾を付けておけば治ります」

俺が治癒魔術をかけるつもりだと分かったようで、アイは身を引く。

「嫌だったか？」

「いえ、決してそのようなことは……」

「俺の言うことは何でも聞くんだろ？」

「うっ……」

アイは顔を赤くして視線を逸《そ》らすと、諦めたように俯《うつむ》く。

「では……お願いします……」

「あぁ、任せとけ」

アイの頭に手を置き、俺たちの周りに魔力を満たす。すると、唐突にアイが俺の身体に抱きついてきた。

「ど、どうした急に……！」

「こうして近づいた方が、魔力の節約になるかと思いまして」

「まぁ、確かに？」

「……あと、傷口を撫《な》でた方が治癒魔術の効果も上がるかと思います」

それは諸説あり、な気がする……。しかし、アイがそうして欲しいのは分かった。

毛並みを整えるように、ゆっくりとアイの頭を撫でる。その度に、アイの身体にできた傷が癒えていった。

「クロノ先輩……」

俺の胸に顔を埋めたアイが小さく呟《つぶや》く。

「申し訳ございませんでした。私は……、何の役にも立てませんでした」

アイの声は俺にしか聞こえないほど小さかったが、震えているのだと分かった。

何について謝られているのかなんて、確認するまでもない。

「気にするなよ。……俺も同じ立場なら同じことをした」

シャーロットとアイは、俺とその未来を守りたい一心で、《熕れろ紫影《オンブレナータ》》に閉じ込めた。

大切な人を守りたい、という気持ちは俺がオフィーリアや彼女たちに向けるものと同じだ。咎《とが》めることはできない。

「……ありがとうございます」

アイは小さくお礼を言う。

もう治癒魔術はかけ終わったはずだが、一向に離れようとしない。

「……。……いや、長くないか!?　こう言うのもアレだが、私もそこそこダメージを受けているのだぞ!?」

我慢できなくなったシャーロットが、火傷《やけど》を負った両手を見せつける。

「そのくらい、唾を付けておけば治りますよ」

「治るわけが！　ない！　だろッ!?　――いいだろう……。譲らないというのなら、間に割り込むまでだ。百合《ゆり》の間に挟まるオジさんみたいに……！」

「落ち着けよ、シャーロット……」

大地が揺れたのは、その時だった。

まるで、何者かの怒りを表したかのような激震。とても立っていられず膝を突く。

「地震……？」

……いや、違う。これは自然が起こしたものではない。

火山が噴火したかのように、大地から吹き出す炎。——そこは、俺が〈不死鳥《ふしちょう》〉を堕とした場所だ。

「もう復活しやがったのか……！」

「いえ！　いくら何でも早すぎますッ！」

驚愕《きょうがく》するシャーロット。

だが、彼女の発言を否定するように、炎は鳥の頭部を形成していく。

「ザンゾ……、ヴルザンゾ……。グドノジッグガァド……！」

聞き取りづらいがそれは明らかに意味の込められた声だ。

——許さんぞ、クロノ・シックザード。

〈不死鳥〉はそう言ったのだ。侵略種《しんりゃくしゅ》とはいえ、短時間で言語を理解するとは思えない。

「まだしぶとく生きていやがったか……、カラマ・シストルフィ！」

俺の《祓枷《エクラメント》》で祓《はら》われる中、カラマは《叛逆せよ輪廻《ソウルインヴェイベル》》を発動して魂の一部を〈不死鳥〉に移したのだ。――〈龍〉に肉体を消され、アガサに乗り移ったときと同じように。

「ユルサンゾ……！　グロノジック……ザードッ！」

炎の肉体が形成される中、先ほどよりも聞き取りやすい声で、〈不死鳥〉が怨嗟《えんさ》を叫ぶ。

既に翼は形を成しており、羽ばたく度に熱と殺意が撒《ま》き散らされる。――周囲を理想界《イデア》で包んでいなければ肺が焼けていただろう。

「ガアアアアアアアア」

雄叫《おたけ》びを上げながら、〈不死鳥〉が飛び立つ。

空を飛び回るその姿はまさしく太陽と形容すべきもので、騎士団の本拠地であるリーンディア城へと向かっていく。

もはや、《逆巻け不可逆《アンチクロックワイズ》》のことも、〈龍〉の肉体もどうでもいいのだ。

「……シャーロット、〈不死鳥〉は、どうやって討たれた」

「ま、まさかクロノ様……！」

俺はシャーロットを見る。それだけで俺の意図は伝わったようで、シャーロットは頷《うなず》く。

「〈不死鳥〉はほんの少しでも肉体が残っていれば、そこから再生したと聞きます。未来のクロノ様は一縷《いちる》も肉体を残すことなく、全身を同時に消し去ったそうです……」

「それだけでいいのか？」

「しかし、五年後のクロノ様は〈玄我音《クロガネ》〉を使用し――え、今、それだけと言いましたか？」

「全身を同時に消すだけでいいんだな？」

「そ、そうですが……」

「分かった。――二人はアガサ先生を頼む」

「待ってください、クロノ先輩」

〈不死鳥〉を追いかける直前、アイに呼び止められる。その手には、彼女が以前付けていた仮面が握られていた。

「これがあれば誰もクロノ先輩だと分かりません。――本気で戦って来てください」

「あぁ、ありがとう、アイ」

アイから仮面を受け取り、〈不死鳥〉を追う。

シャーロットのブレードに、アイの仮面。――あとは、五年後を今日にするだけだ。

オフィーリア・オーフィング　～魔術暦《まじゅつれき》555年　3月　6日　16時　29分～


『レベルⅣの侵略種が接近しています。早急に避難してください。繰り返します──』

病室に鳴り響く音声と慌ただしい足音で、私は目を覚ました。

「っ……！」

全身の激痛で、意識が覚醒する。

私は状況を確認するため、痛みに耐えながら窓際《まどぎわ》へ身体を引きずっていく。

「ガアアアッ！」

その瞬間、巨大な影が頭上を通過した。

巨大な翼。全身に纏《まと》った炎。

その姿はまさしく、クロノが討ったはずの侵略種──〈怪鳥《かいちょう》〉だ。

「オフィーリアさん！」

看護師が病室に駆け込んでくる。

「良かった、目が覚めたんですね！　早く逃げますよ」

「は、はい……」

呆然《ぼうぜん》とする私は、引っ張られるようにして医療棟の外へ出た。
騎士団の上空を旋回する侵略種は、雄叫びを上げながら炎の塊を放っている。
「ガアアアアアア」
雄叫びが近づいていると気付いたのはその時だった。
見上げれば、嘴《くちばし》を大きく開き、私たちへ急降下してくる〈怪鳥〉。
まるで太陽が近付いてくるような圧倒的な光景に、私と看護師の足が止まった。
肌に感じる熱が、徐々に強さを増していく。
死を覚悟し、目を閉じる。
――響く、衝撃音。
だが、痛みが来ることはなかった。
「え……」
目を開く。
目の前に迫る〈怪鳥〉の嘴。
けれど、その直前でブレードを構えた黒衣の騎士がそれを受け止めていた。
「グギガガガがガガガッ！」
ブレードに嚙《か》みつきながら、〈怪鳥〉が呻《うめ》く。

黒衣の騎士はブレードを振り抜き、〈怪鳥〉の顔を消し飛ばした。が、一瞬で〈怪鳥〉の頭部は復元され、再び飛び立つ。

「――大丈夫か？　オフィーリア」

振り返る黒衣の騎士。その顔は黒色の仮面で隠されていて、何か魔術が施されているのか、外見も声も摑《つか》み所《どころ》がない。

「あっ……！　えっ……」

私は一連の出来事を眺めることしかできなくて、声をかけられてやっと、自分が命を救われたのだと理解できた。

「あの侵略種は俺が倒す。オフ……、君は安全なところにいてくれ」

「う、うん。クロノも気を――あっ、いや……人違いです」

慌てて訂正するも、その時にはもう黒衣の騎士はいなくなっていた。

まるで幻だったかのように一瞬で現れ、去って行った。仮面で顔を隠し、持っていたブレードも初めて見るもの。しかし、何故《なぜ》か安心できて、

「クロノ……？」

思い当たる人物の名を口に出していた。

クロノ・シックザード～魔術暦555年　3月　6日　16時　32分～


「ギガアアアアアジッグザアアドオォォォォオオオ」

叫びながらリーンディア城を旋回する〈不死鳥〉。

先ほど頭部を吹き飛ばしたのに、その勢いは留まるところを知らない。

やはり、シャーロットの言うとおり、一撃で全身を葬《ほうむ》るしかないようだ。

つまりは、〈不死鳥〉の身体《からだ》を包み込めるほど広範囲の魔術を使い、魔術から逃げられないように拘束しておく必要がある。

──それをやるには、騎士団から遠ざけなければ。

俺は助走を付けると、脚に魔力を集中させて、上空へ飛び上がった。

旋回する〈不死鳥〉へ魔力の刃を放ち、俺を認識させる。

「来いよ、死に損ない。息の根ごと止めてやる」

「コロシテヤルゾォオオオオ、シックザードオォオオオオ」

殺意をもって、俺に突っ込んで来る〈不死鳥〉。

〈不死鳥〉の嘴をブレードで受け止め、俺の肉体が吹き飛ばされる。

「ヤガレロオオオオオオオオオオオオオオオオオオオオオオオ！」

〈不死鳥〉は俺を焼き殺そうと、肉体に纏う炎を膨張させる。

――これが、後に三つの国を沈める炎。

〈龍《りゅう》〉の魔力で防いでいても、痛みを感じる熱量だ。

もし生身の状態だったなら、一秒もかからずに灰にされていただろう。

俺はブレードの刃を足場にして再び跳躍すると、〈不死鳥〉の背中に飛び乗る。

「曲がれえええええええええ」

両翼を掴み、無理矢理〈不死鳥〉の空路を操作する。当然理想界《イデア》を構築していたが、それでも皮膚が焼かれ、煙が上った。

「ガアアアアアオチロオオオオオオ」

背中の俺を振り落とそうと、空中で暴れ狂う〈不死鳥〉。

もはや俺を殺すということしか頭にないのか、騎士団からどんどん離れていく。

「ツゥ……！　――《我は纏いし者》！」

痛みを噛《し》み締め、紋章から変換した詠唱文を叫ぶ。

「《黒の魂　紫の怨恨《えんこん》　呪怨集《つど》いて　主のもとより立ち上れ》」

紋章とは詠唱文を図式化したもの。

〈龍〉の知識を持つ今なら、一度紋章を見ていれば、元となった詠唱文を推測することなど容易《たやす》い。――ましてや、そこにサインまでしたのだから忘れるはずがない。

俺は、〈不死鳥《ふしちょう》〉の背中を蹴り、再び空中へ舞う。

「ガアアアアアアコロシテヤルウウゥゥゥゥ」

俺めがけて一直線に上昇する〈不死鳥〉。

太陽の光を受けたことでできた俺の影の中へ、自ら入り込んできた。

「――《燻れろ紫影《オンブレナータ》》！」

瞬間、俺の影から伸びる無数の手が、〈不死鳥〉の身体を幾重にも拘束する。

これまでアイの魔術は何度も見て、実際に拘束され、脱出までしたのだ。理屈は完全に理解している。

「ガカァッ……!?」

全身を締め上げられ、〈不死鳥〉が眼を見開く。

カラマの人格がどれだけ宿っているのか分からないが、たとえどれだけ残っていようと、この事象に困惑しているだろう。

身体の自由は奪った。――後は、跡形もなく消すだけだ。

「魔術式展開∴Δ=√*・₳ˆ₦×^β>₩÷^α>₱――」

これまで幾度も聞いてきた《煌めけ星閃《ステラルーチ》》の詠唱文を叫ぶ。

だが、これだけでは不十分だ。〈不死鳥〉を一撃で葬るにはもっと火力がいる。

残りの魔力全てを注《そそ》ぎ込んででも、確実に消し去る！

「＋.!%-}&),#]._];(!＊'%=\＊^%,!<=,;&;<+,%|?#\;^!:'!!:..&=,''^#-'^?,;:''_;)#&#''&''＊\^=#>;＊}!|=$&'}#)'?|?=>＊#>;}(^#<_>-_$}\},^(&_).).,,+?<_&)$=＊,?#(^(:=＊$|'#,''＊'>?[{{!?+\(''=}!」

詠唱を終えた瞬間、俺の頭上に顕現する特大の光。

まるで恒星のようなそれは、そもそもこの世界に現れたことが間違いだと示すように、火花と電気を散らし、辺りの空間を歪《ゆが》めていた。

「肉体も魂も、一縷《いちる》も残さず抹消してやる。――《煌めけ星閃《ステラルーチ》》！」

一直線に放たれたそれは、もはや光線と呼べるものではなく、この惑星に突き立てられた剣、とでも呼ぶべきものだった。

「――――」

塵《ごみ》も、断末魔すらも残すことなく、消えていく〈不死鳥〉。

光が晴れたとき、残ったのは地上に開いた巨大な穴と、風圧で飛び散った瓦礫《がれき》だけ。

討ち取ったのだ、後にレベルⅤとなる侵略種《しんりゃくしゅ》、〈不死鳥〉を。

「あぁっ……」

〈不死鳥〉の死を確信した瞬間、心臓の鼓動がもとの速さに戻り、全身から力が抜けた。

滞空する術を持たない俺は、地面へ落ちていく。せめて、安全に着地できるだけの魔力くらい残しておくべきだった。

……いや、これで危機は去ったのだ。これまでアガサを蝕《むしば》んでいたカラマと、五年後に倒されるはずだったレベルVはもういない。

ならば、もう後のことはどうだっていい。見たところ、落ちるのはリーンディア城の隣にある山だ。木々にぶつかれば、少しは衝撃も――

「――クロノ様……！」

なくなりかけていた意識を、少女の声が繋《つな》ぎ止《と》める。

直後、俺の身体を襲ったのは木々の硬い枝ではなく、それよりもずっと柔らかな感触。

目を開けると、そこにはシャーロットの顔があり、俺は彼女に抱きかかえられていた。

「シャーロット……、来てくれたのか」

「私はクロノ様の専属騎士です。当然ではありませんか」

頬を上げ、微笑《ほほえ》むシャーロット。

よほど急いで来てくれたようで、呼吸は荒く、彼女の鼓動が聞こえてきそうだ。

——彼女と初めて会った、空から落ちてきたときのことを思い出す。

「……ありがとう、シャーロット」

「そ、そんな……、あ、あの、この体勢はドキドキがヤバヤバなので、下ろさせていただきますね……」

シャーロットは顔を赤くしながら、俺を地面に下ろした。

「そうだ、シャーロット。これ、返すよ」

俺はローブの内ポケットに手を入れると、シャーロットの『黒乃伝《くろのでん》』を差し出す。

「い、いいのですか……？」

「いいもなにも、もともとシャーロットのだろ」

「はい……！」

シャーロットは嬉《うれ》しそうに『黒乃伝』を受け取る。

——その瞬間、『黒乃伝』から紫色の光が瞬《またた》いた。

「何だよ、今の……」

「分かりません。ですが……！」

シャーロットは何かに気付いたようで、『黒乃伝』のページを捲《めく》る。

「っ……！」

シャーロットの手が止まる。

そして、彼女の瞳から一筋の涙が流れた。

「私の……、私とアイの名前があります」

シャーロットが掌《てのひら》で涙を拭いながら、俺に見開きを見せてくる。

そこには、確かにシャーロットとアイの名前があった。

「こ、こんなのおかしいです。私たちはこの時代にいてはいけないはずなのに……！」

パニックになっているのか、泣きながら笑うシャーロット。

「シャーロット……」

そんな彼女の名前を呼びながら、指で雫《しずく》を拭う。

まだ、俺の気持ちをちゃんと口に出していなかった。

「シャーロットとアイはこの時代にいていいんだ。異分子なんかじゃない」

シャーロットとアイがいれば、俺の未来は変わる。だが、二人はもう守る対象なのだ。

「もう、俺の人生の一部になってる。……だから、勝手にいなくならないでくれ。俺の傍《そば》に、ずっといてほしい」

「クロノ様……！」

シャーロットは『黒乃伝』を胸に抱き締めながら、大粒の涙をいくつも落とす。きっと、これまで零《こぼ》せなかった分が全て流れているのだろう。

「あの……、クロノ様……」

ひとしきり泣き終えたシャーロット。

「ここでそういうことを言っていただけるということは……、その……そういうことと受け取っていいのでしょうか……？」

真っ赤に顔を染めながら、シャーロットは口元を手で隠す。

……ここでそういうことは、そういうこと？

何を言いたいのか分からない。

ふと視界に夕陽《ゆうひ》が射《さ》し、その美しい光景に、ここが昼間に来た場所だと思いだす。

――ここはクロノ様が婚約者にプロポーズをした場所だとされているんです。

脳裏を過るシャーロットの言葉。

――だから、勝手にいなくならないでくれ。俺の傍に、ずっといてほしい。

脳裏を過る俺の言葉。

……。……確かに、ここでそんな台詞《せりふ》を吐けば、そういうことと受け取られても仕方ない。

目尻に涙を溜《た》めながら、シャーロットは俺を見つめる。

その視線は少しも逸《そ》らされることなく、黙って、俺の答えを待っていた。

「さっきの言葉は――」

いや、言葉は野暮だ。

もっと、分かりやすい方法がある。

俺は彼女の頬に触れ――

「――何をされているのですか？」

「わあああああッ！」」

突然現れたアイに、俺とシャーロットは慌てて身体《からだ》を離す。

「どうしたのですか？　そんなに慌てて。……何か、していたのですか？」

「な、何もしようとしていない！　で、ですよね、クロノ様！」

「あ、あぁ、普通に話してただけだ！」

「そうですか。なら、いいですけど」

俺たちの反応を見て、アイがほくそ笑む。……彼女のことだ、もしかしたらタイミングを窺って声をかけたのかもしれない。

「……それよりも、ご無事でなによりです、クロノ先輩。まさか、本当に倒してしまうとは思いませんでした。とても……、私の知っているクロノ先輩で一番格好良かったです」

讃《たた》えているのか、驚いているのか、アイは恥ずかしそうに苦笑を浮かべる。

「しかし、クロノ先輩。どうやって私の《燻れろ紫影《オンブレナータ》》を使用したのですか？」

「どうって、この前俺に紋章を見せてくれただろ？　そこから詠唱文を逆算したんだよ」

「……そんなこと不可能です」

「え？」

「紋章は詠唱文を秘匿する役割も持っています。紋章から詠唱文を逆算することなんてありえません」

「……そうなのか？」

「そうです」

半眼でコクンと頷《うなず》くアイ。

……そう言われてもできてしまったのだから、返す言葉が見つからない。

「それを言うならばクロノ様。《煌めけ星閃《ステラルーチ》》もどうやって行使したのですか？」

赤面の引いたシャーロットが、首を傾《かし》げる。

「あれは、いつも端末が詠唱文を読み上げてるだろ？　あれを真似《まね》しただけだよ」

「……それは有り得ないと思います」

「は？」

「端末が詠唱しているのは、端末用に圧縮された特殊な魔術言語です。人間が唱えただけでは行使されません。……そもそも人間では発音できませんし」

「……そうなのか？」

「はい……。いったいどうやったのですか？」

「だって……」

二人の魔術が使えた理屈を説明しようとする。

が、まるで昨晩見た夢を思い出そうとするように、考えれば考えるほど遠ざかっていくのを感じる。きっと、〈龍《りゅう》〉の知識があったからこそ行えていたことで、今の俺では理解すらできないのだろう。

「あっ！」

唐突に大声を出す、シャーロット。

「た、大変です！《解かれよ空間《ヴンダーカンマー》》から出したグッズを放置したままでした。他の騎士に見つかる前に、回収してきます！──アイ、手伝ってくれないか⁉」

「仕方ないですね……。分け前はもらいますよ」

「もちろんだ。何でも好きなものを一つあげよう。あっ……、ただ、学生の頃に書いてた二次創作小説だけは勘弁してほしいっ！」

「言われなくても欲しくありません……」

災害地区へと戻ろうとするシャーロットとアイ。

そんな二人を微笑ましく見ながら、俺も立ち上がる。

「俺も手伝うよ。二人でも大変だろ」

「いえ、クロノ様はお休みください。お怪我《けが》もされてますし」

「それはシャーロットも同じじゃないか？」

〈不死鳥《ふしちょう》〉の炎を受け、黒く焼けてしまった両手。

目立っていないだけで、彼女の全身には似たような傷がいくつもあるはずだ。きっと、今立っているのもつらいだろう。

まだ〈龍〉の魔力が残っていれば《癒傷《エクスキュア》》で治せたが、魔力が切れた今ではとても無理だ。ならせめて、シャーロットの助けになりたかった。

「悪い……。治しそびれて……」

シャーロットの耳元で謝罪を呟《つぶや》く。

瞬間、彼女はビクビクッと身体を震わせた。

「だだっ！　大丈夫です……！　い、いまのASMRで治りましたぁ」

頬をだらけさせ、涎《よだれ》を垂らしそうになっている、シャーロット。

この調子なら本当に大丈夫なのかもしれない……。

⚠ S級極秘事項を参照するにはS級機密情報アクセスキーが必要となります。

識別名:不死鳥

外部魔力値:19000(レベルV相当)

被害者数:60000人(推定)

概要:自己再生能力を持つ鳥型の侵略種。

肉体の一部が欠片でも残っていれば、

外部魔力により肉体の再生が行われる。

魔術暦560年、クロノ・シックザードと

アレックス・ベッドレイクにより討伐。

活用事例①:『自己修復型カートリッジ』

外部魔力の吸収により自己修復を行う

ブレード用カートリッジの開発に成功。

TOP SECRET

活用事例②:『《S級極秘事項》』

死骸の一部を被検体No34に移植。

被検体No34は現在《S級極秘事項》に所属中。

保管場所:《S級極秘事項》

出典:魔術暦750年・境界騎士団アーカイブ・A級機密情報アクセスキーを持った職員の閲覧履歴

終章　これからの未来へ

クロノ・シックザード　～魔術暦《まじゅつれき》555年　3月　7日　10時　22分～

「改めて見ると酷《ひど》い有様《ありさま》だな……」

燃え尽きた研究棟を見上げながら呟く。

カラマが引き起こした一件から一晩明け、俺は焼け落ちた研究棟の前に来ていた。

もとは白かった外壁も、〈不死鳥〉の炎で黒く焦げ崩れてしまっている。

今は室内に残った資料を騎士たちが野外に持ち出しているところだ。

「おや、シックザードじゃないか」

視線を下げれば、書類を両手に抱えたアレックスがいた。

「よう。……資料整理の手伝いか？」

「そうだとも！　研究棟は侵略種《しんりゃくしゅ》に対抗する要だからね。いち早い復興が重要だろう？」

小さな身体で胸を張るアレックス。

何となくだが、そういったことはしないタイプだと思っていた……。養成所を首席で卒業するだけあって、意外と良心的なところもあるのかもしれない。

「ところで君、〈怪鳥《かいちょう》〉の件だけれど……。君も見たんじゃないかい？　光の柱を」

話を切り出したアレックスに、俺は微《かす》かに眉をひそめた。

昨日、討伐命令が出された〈怪鳥〉だったが、突如としてその反応が消滅した。

騎士たちが災害地区を捜索したが、侵略種の死体は見つからず、大地が抉《えぐ》られたような大穴だけが発見されたらしい。

ただ、俺の放った《煌め《ステ》け星閃《ラルーチ》》は多くの騎士に目撃されていたらしく、あの光の柱が〈怪鳥〉を討ったのではないかと言われている。

「あの一撃が目撃された瞬間、異常な量の次元外魔力《じげんがいまりょく》が観測されたそうだ」

「異常な量って、いったいいくつだ？」

「さぁ、誰にも分からないよ。──観測器のメーターが振り切れたそうだからね」

「観測器の上限値は一万だったか……？」

「そうだね。観測器の故障でないなら、あの瞬間、〈怪鳥〉と同等……、いや、それ以上の侵略種がいたということになる。騎士団は魔力の出所を探っているそうだ」

〈不死鳥〉にトドメを刺すためとはいえ、全力を出し過ぎたかもしれない……。

「あの時次元口《じげんこう》は開いてなかった。未確認の侵略種が現れた可能性は低い。でも一人、候補に挙がっている人物がいるんだ。君も聞いただろう？　――仮面の騎士の噂《うわさ》を」

「っ……！」

アレックスに見えないよう、唇に歯を立てる。

《怪鳥》が再度リーンディア城に現れた際、多くの人々が《怪鳥》と戦う仮面の騎士を目撃したらしい。

そしてその直後、《煌めけ星閃《ステラルーチ》》も見られているので、その騎士が次元外魔力の候補となっているようだ。

「けれど、僕はその噂には懐疑的でね。侵略種でもない、たった一人の人間が一万を超える次元外魔力を出力するなんて不可能だ。例外は不老不死に到達した魔女くらいだろう。しかし、君なら――」

言葉を区切り、アレックスは俺を見つめる。

疑い、というよりは確信に近い眼差《まなざ》し。俺の口から真実が出るのを待っているのだろう。

「いや、すまない」

口を割らない俺に軽く微笑《ほほえ》み、アレックスは首を横に振る。

「真実がどうであろうと、第十二期生で一番になるのは僕だ。君がどれだけ強かろうと、何を隠していようとね」

「別に競ってるつもりはないんだが……」

「そう言って僕を油断させるつもりだろう⁉　分かっているぞ、君の魂胆は！」

……相変わらず俺の話を聞かない奴《やつ》だ。

「さて、僕はそろそろ作業に戻る。暇なら君も手伝っていくかい？」

「いや、遠慮しておく」

俺は手に持ったチョコレートの包みをアレックスに見せる。

「今からオフィーリアのお見舞いなんだ」

＊

「もう起きても大丈夫なのか？」

「うん。まだ痛いけど、もう大丈夫だよ」

医療棟のベッドで身体を起こしながら、オフィーリアが笑みをつくる。

「ねぇ、クロノ。アガサ先生のことなんだけどね……」

「……あぁ」

俺が椅子に座るなり、オフィーリアが真剣な顔で見つめてくる。きっと、最初に話そうと事前に決めていたのだろう。

カラマに乗っ取られていたアガサ・ワイルズの肉体は無事に騎士団に保護された。

まだ意識は戻っていないようで、現在は医療棟地下の病室で隔離されているらしい。

「クロノも知ってるよね、アガサ先生が侵略種を復活させたって……」

騎士団は〈怪鳥〉が勝手に復活し、アガサを連れ去ったと思っている。

だが、オフィーリアはアガサが〈怪鳥〉を復活させたと知る一人だ。もし、彼女が真実を話せば、アガサの処遇も変わってくるだろう。

「でも、あれは本物のアガサ先生じゃないと思うんだ、……理屈は分からないけど」

オフィーリアの声が尻すぼみに小さくなる。

オフィーリアは、アガサの肉体には二つの魔力があったと言っていた。

だから、侵略種を復活させたのは本物のアガサではないと信じているのだ。

「だからお願い、クロノ！　先生が起きるまで、事情を聞けるまでは騎士団の人たちには黙っててほしい。ダメ、かな……？」

布団《ふとん》を握り締めながら、懇願するオフィーリア。

「オフィーリアらしいな……」

彼女に聞こえない声で呟く。

諸悪の根源であるカラマは去ったのだ。アガサに罪を負わせる必要はない。

「……分かった。先生が起きるまでは、何も言わないことにするよ」

「ありがと、クロノ……」

「ほら、チョコレートを買ってきたんだ。食べて少し落ち着けよ」

「うん……」

オフィーリアは包みを丁寧に剝がすと、球状のチョコレートを口に入れる。

口に広がる甘みが緊張をほぐしてくれたようで、オフィーリアは大きく息を吐き、真剣な表情から頰を緩ませる。

「美味《おい》しい……、ありがと」

「そう言ってくれると、買ってきた甲斐《かい》があった」

「ねぇ、クロノ知ってる？　仮面の騎士が〈怪鳥〉を倒したって噂」

次のチョコレートを手に取りながら、オフィーリアが首を傾《かし》げる。

「そりゃあ、知ってるよ」

「私ね。その騎士さんに助けてもらったんだ！」

「そうだったのか。イケメンだったか？」

「うん。だって、あれクロノでしょ？」

「……ぅ」

唐突に、満面の笑みで図星を突かれたので、俺は吹き出しそうになった。

ど、どうしてバレている……？

確かにオフィーリアを助けたし、そのとき名前も呼んでしまった気がする。

だが、オフィーリアは俺が〈龍《りゅう》〉の力を持っていると知らない。それだけで俺だと確信できるはずがない。

「俺なわけないだろ？　……な、なんでそう思うんだよ」

「だって、私を助けてくれるのは、いつだってクロノだもん」

「……お、お前、無茶苦茶なこと言ってるって分かってるか？」

「分かってるよ。でも、そう思うんだもん。――だからありがと、クロノ。いつも守ってくれて」

少しも疑う素振りを見せず、オフィーリアは言ってのける。

「だから、俺は何もしてないって言ってるだろ……」

俺は呆《あき》れたように笑ってみせる。

「でも、俺がお前を守ってやる。……これからも、いつまでもな」

だが、彼女を守りたいという気持ちだけは誤魔化せなかった。

＊

「やぁ、オフィーリア、元気そうで安心したよ」

「オフィーリア先輩治って良かったですぅ～」

しばらくすると、シャーロットとアイが病室に入ってきた。

「これは私とアイからだ」

シャーロットは果物の入ったバスケットをオフィーリアに差し出す。

「二人ともありがとう。明日には退院するからいいのに……」

「気にしないでくれ。……洋服を貸してくれたお礼だよ」

シャーロットは枕元の机にバスケットを置く。

すると、何かに気付いたのか、微かに眉をひそめた。

「オフィーリア、これは……」

「ん？　あぁ、この手帳？　いいでしょ、クロノがこの前の誕生日にくれたんだー」

オフィーリアは机にあった、赤色の革で作られた手帳を見せる。

彼女が言うように、俺が去年の誕生日にオフィーリアに贈ったものだ。日々の予定や侵略種の解析に使ってくれているらしい。

「それで、どうかした？」

「……いや、いいデザインだと思っただけだよ」

「だよねー！　今度一緒に買いに行こうよ。アイちゃんも一緒に来る？」

「いいんですか～。ご一緒させていただきますぅ～」

楽しそうに、お出かけの予定を話す三人。

俺は邪魔をしないように席を立った。

「果物を切るナイフと皿を借りてくる」

「それなら、私も手伝うよ、クロノ君」

三人で話せるよう気を遣ったつもりだったが、シャーロットが付いてくるようだ。

……ということは、俺に話したいことがあるのだろう。

＊

「それで、どうかしたのか？」

「へ……？」

廊下を歩きながら問いかけると、シャーロットは首を傾げた。

「ほら、さっき一瞬だけ顔が険しくなったからさ」

「いやその……、手帳に見覚えが――」

そこまで言って、シャーロットは言葉を切る。

「いえ、きっと気のせいです。ただクロノ様の傍《そば》にいたかったから付いてきました。……ダメだったでしょうか？」

「い、いや。手伝ってくれるのはありがたいよ」

照れながら上目遣いで見つめられると、こっちが照れてしまう。

「でも、お話ししたいことはあるんです……！」

シャーロットは周りを見回すと、サインの書かれた『黒乃伝《くろのでん》』を取り出す。

「私の持っているクロノ様グッズを全て確認しましたが、記述が変わっていたのはこの一冊だけでした。やはり、《逆巻け不可逆《アンチクロックワイズ》》の影響を受けたのでしょう」

俺が《逆巻け不可逆《アンチクロックワイズ》》の行使を阻止したとき、このサイン本はローブの中にあった。

時間を行き来する魔術、《逆巻け不可逆《アンチクロックワイズ》》の影響を受けたのか、このサイン本には本来この時代にいないはずのシャーロットとアイが登場するようになっている。

――だが、それだけではない。

この『黒乃伝』に記載されているのは、魔術暦《まじゅつれき》五五五年　四月の出来事。

――つまり、今から一ヶ月後の俺の未来だ。

未来を知る手掛かりとなるこのサイン本を、活用しない手はない。

《不死鳥《ふしちょう》》を倒したことで、これから攻めてくるレベルVは残り六体。

今後暗躍する侵略種教団《しんりゃくしゅきょうだん》。未来の俺と敵対するなら、近いうちに危険な思想を持った人間が現れるはずだ。

そして、未来人。カラマのように悪意を持った未来人が現れる可能性は零じゃない。

……いや、既にもう潜伏しているのかもしれない。

多くの人を守るには、あまりに障害が多い。……俺一人では、きっと無理だ。

「──シャーロット」

「は、はい……！」

俺に名前を呼ばれ、シャーロットは佇《たたず》まいを正す。

「俺は、未来が変わったとしても、皆を守りたい。だから、力を貸してくれないか？」

「勿論《もちろん》です。クロノ様専属の騎士として、持ちうる全ての力をお貸しします！」

真剣な顔で、俺を見つめ返すシャーロット。俺より俺に詳しい彼女がいるのだ。これ以上頼りになる者はいない。

「──そういう大切な話は、私もいるところでしてくださいよぉ、クロノ先輩」

「おわっ！　いつからいたんだ、アイ」

「お手洗いに行くと言って、抜け出してきました。──それより、私の協力は不要なんですかぁ、クロノ先輩？」

悪戯《いたずら》っぽく目を細めるアイ。当然、彼女の助けも必要だ。

「アイも協力してくれ──」

「待ってください。何故《なぜ》私のときは省略するのですか？　シャーロット先輩のときのようにちゃんとお願いしてほしいです」

「くっ……！　分かったよ。俺は、未来が変わったとしても、皆を守りたい。……だから、力を貸してくれないか？」

「はい。アイ・アルクヴェーディア。クロノ先輩の後輩として、命ある限り尽くさせていただきます」

頼もしい笑みで答えるアイ。

俺より俺に詳しい少女がもう一人いるのだ。もう望むものはない。

「しかし、クロノ様。未来を変えようにも、まずは本来のクロノ様がどんな生涯を歩むのか知る必要があります」

シャーロットは両頰を上げ、どこからともなくもう一冊の『黒乃伝』を取り出す。

「となれば！　読むしかありません『黒乃伝』！　ご安心ください、こんなこともあろうかと布教用は常に持ち歩いていましたから。

「私も『黒乃伝』全十八巻、計百九十万六千二百十七文字は全て暗記していますから。どどんなことでも教えてさしあげますよ？」

「まさかクロノ様ご本人にクロノ様を布教できる日が来るとは思いませんでした。ささっ！　早速始めていきましょう。クロノ学は一日にしてならずですよ！」

シャーロットは満面の笑みで、アイは蠱惑《こわく》的に笑いながら俺に迫ってくる。

このオタク二人に頼ったのは、間違いだったかもしれない……。

「分かったよ。……俺に改めてクロノ・シックザードを教えてくれ」

レベルVを初めて討った英雄
クロノ・シックザード特集！
特別インタビュー！

え？ 昔のクロノについて？

そうですね……。

ブレードの扱いがすごく上手で、討伐数なら同期で3位とかだった気がします。……でも、座学は本当にダメダメで、試験の前はよく勉強を教えてあげました。

あと、私が困ってると絶対助けに来てくれるんです。……それは、今も変わりませんけどね。

クロノがレベルVを倒したって聞いたときですか？

……やっぱりビックリした、ですかね。

だって、レベルVを倒しちゃったんですよ？

あとは、ほらね、とも思いました。やっぱりクロノは凄いんだぞ、みんな気付いてなかったの？ って。

でも、クロノはまだまだこれからですよ。レベルVを1体だけじゃ終わりません。きっと、もっと凄い、これから何千年も語られるような英雄になります。

なんでそう思うのか、ですか？

……だって、ずっと一緒にいましたから。クロノを1番知っているこの私が言うんですから、間違いありません。

……ふふっ、ちょっと照れますね。最後のところは書かないでもらえますか？

境界騎士団
リーンディア支部 解析員
オフィーリア・オーフィングさん

出典：騎士団新聞特別号「レベルVを初めて討った英雄クロノ・シックザード特集！」（魔術暦555年8月29日発行）
オフィーリア・オーフィングへのインタビュー記事

あとがき

初めましてお久しぶりです蒼塚蒼時《あおつかそうじ》です。

『絶世の美少女騎士は俺のガチ恋オタクでした』いかがだったでしょうか。

このような作品を書いているくらいですから、蒼塚にも人生と人格形成に大きな影響を与えた、大好きなコンテンツがあります。

その作品はお世辞にも供給が多いとは言えないコンテンツでして、公式サイトが年単位で消滅していたこともあります……。

公式からの供給が断たれたオタク達は生き延びるために、ありもしないアニメを幻視し、存在しないソシャゲと季節限定キャラを妄想、こじつけのコラボ、格ゲー、TCG化、コラボカフェ、コミカライズと人気投票、投票結果が気に入らない読者のお気持ち表明等々、幻覚を共有しながら、自ら供給を作り出すしかありませんでした。

そんな経験が本作で活《い》きたかな、と思っています。蒼塚を生かしてくれた皆に感謝。

メインヒロインであるシャーロットについては、蒼時や周りの友人から摂《と》れたオタクの要素を混ぜ合わせて、お砂糖スパイス素敵なものをいっぱい、リボンとレースと甘い顔で味を整え、蒸し焼きにしたら完成しました。気に入っていただければ幸いです。

以下、謝辞です。

担当編集の林《はやし》さま。前作に引き続き、ありがとうございました。二人でウンウン悩みながらお話を考えられて楽しかったです。「いや〜、綺麗《きれい》だなぁ。もっと汚く欲望を出していきましょうか蒼塚先生ェ」「戦争は数ですので、蒼時先生ェ」といった名言は今でも記憶に残っています。これからも記憶に残るお言葉お待ちしています。

イラストレーターのＮａｇｕさま。キャラクター達に形を与え、「未来感ある女騎士を描いてください」という無理難題に素晴らしいデザインで応えていただき、ありがとうございます！　ちょっと大きめなローブを着てるシャーロット、超かわいいです！　アイの妖しげな目付きも超好きです！

読者の方。ここまで読んでいただきありがとうございます。前作も読んでいる方にはとびきりの感謝を。願わくは、貴方《あなた》の人生が素敵な時間ばかりでありますように。そして、この物語がその一欠片《かけら》でありますように。

お便りはこちらまで
〒一〇二―八一七七
ファンタジア文庫編集部気付
蒼塚蒼時（様）宛
Ｎａｇｕ（様）宛

富士見ファンタジア文庫

絶世《ぜっせい》の美少女騎士《びしょうじょきし》は俺《おれ》のガチ恋《こい》オタクでした

令和６年11月20日　初版発行

著者——蒼塚蒼時《あおつかそうじ》

発行者——山下直久

発　行——株式会社KADOKAWA
〒102-8177
東京都千代田区富士見2-13-3
0570-002-301（ナビダイヤル）

印刷所——株式会社暁印刷

製本所——本間製本株式会社

ISBN978-4-04-075681-3 C0193 ◇◇◇

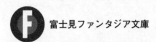

切り拓け！キミだけの王道
ファンタジア大賞
原稿募集中！
賞金
《大賞》300万円
《金賞》50万円
《銀賞》30万円
選考委員
細音啓「キミと僕の最後の戦場、あるいは世界が始まる聖戦」
橘公司「デート・ア・ライブ」
羊太郎「ロクでなし魔術講師と禁忌教典《アカシックレコード》」
ファンタジア文庫編集長
前期締切 8月末日
後期締切 2月末日
公式サイトはこちら！ https://www.fantasiataisho.com/
イラスト／つなこ 猫鍋蒼 三嶋くろね